小説

レッドクリフ

RED CLIFF

上

高里椎奈

Shiina Takasato

[脚本]ジョン・ウー/カン・チャン/コー・ジェン/シン・ハーユ

JN282627

講談社

小説

レッドクリフ

RED CLIFF

上

目次

第三節

第四節

継節

ブックデザイン　坂野公一 (welle design)

孫権軍
登場人物相関図
大《だい》喬《きょう》
姉妹
小《しょう》喬《きょう》
司令官
周《しゅう》瑜《ゆ》
夫婦
信頼
君主
孫《そん》権《けん》
兄妹
尚香《しょうこう》
臣下
張昭《ちょうしょう》
臣下
武将
魯《ろ》粛《しゅく》
甘興《かんこう》
程普《ていふ》
黄蓋《こうがい》
同盟
外交

曹操軍
君主
曹操《そうそう》
お抱え
医師
華佗《かだ》
臣下
武将
曹洪《そうこう》
蔡瑁《さいぼう》
張允《ちょういん》
文聘《ぶんぺい》
夏侯惇《かこうとん》
兵士
叔材《しゅくざい》
踊子
驪姫《れいき》
劉備軍
軍師
孔明《こうめい》
信頼
君主
劉備《りゅうび》
臣下
夫婦
糜竺《びじく》
兄妹
糜夫人《びふじん》
夫婦
甘夫人《かんふじん》
親子
阿斗《あと》
臣下
武将
義兄弟の契り
趙雲《ちょううん》
張飛《ちょうひ》
関羽《かんう》

小説
レッドクリフ
RED CLIFF
上

『中《ちゅう》原《げん》に
鹿を逐《お》う』

されど
人の心は
人に在《あ》り

序節

何が起こったのか、まるで解らなかった。

小喬《しょうきょう》は呆然《ぼうぜん》とする頭の片隅で、混乱しようとする自《みずか》らを律して、極めて冷静に事態を把握しようとした。

見知らぬ屋敷の見知らぬ部屋だ。調度品は簡素だが重厚な造りをして、一目で主人《あるじ》の低くない身分を悟らせる。綺麗《きれい》に片付いてはいたが、微《かす》かに埃《ほこり》っぽい匂《にお》いがするから、豪族の別邸という所だろう。

窓から風が吹き込む。

肌寒さに小喬は身震いをして、自分が寝巻きを着ている事に思い到った。白く薄い深衣《しんい》を纏《まと》い、裸足《はだし》の爪先《つまさき》は冷えきって、絹の様だと褒められた美しい黒髪は無造作に肩に流れている。

指先で足を擦《こす》ると、右の臑《すね》に赤紫色の鬱血《うっけつ》があった。

床から伝わる冷気が身体を這《は》い上がり、恐怖に形を変えて心臓を凍り付かせる。

小喬は漸《よう》く、我が身の置かれた境遇を自覚した。

彼女は攫《さら》われたのだ。

優しい家族も、生まれ育った家も、嘘の様に小喬の前から消えてしまった。今ここにあるのは無機質な部屋と、他人行儀な風の音だけ。

小喬は目に映る全てを悪い夢だと思いたくて、両手で顔を覆い、床に伏せるように小さく小さく蹲《うずくま》った。


後漢《ごかん》末期、大陸には様々な民族が入り乱れ、世は戦乱に突入した。

地方豪族はこぞって部曲《かきべ》を従えた。彼らは平素、農業に従事する荘園の住人だが、いざ戦《いくさ》となれば鍬《くわ》を剣に持ち替えて戦地に赴《おもむ》く。

それほどまでに、戦は日々、激しさを増して行った。

大陸には北に河水《かすい》、南に江水《こうすい》という川が横断しており、この二筋の川を境にしてそれぞれの地方は河北《かほく》、河南《かなん》、江北《こうほく》、江南《こうなん》などと呼ばれる。

河水近郊——つまり大陸北部は、特に大きな戦を繰り返していた。

新興宗教、太平道《たいへいどう》の信者が太平の世を謳《うた》って起こした黄巾《こうきん》の乱。献帝《けんてい》の権力を求めて豪族達が立ち上がり、烏丸《うがん》や羌《きょう》といった異民族も動きを活発にしつつある。

それに比べて、小喬が暮らす江水の北の畔《ほとり》は幸い、比較的穏やかだと言える、至って平和なものだった。小喬はそう思っていた。

「どうしてこんな事に……」

小喬は両手で二の腕を掴《つか》み、自身を抱きかかえるように身を竦《すく》めた。

家族は無事だろうか。彼女だけが寝室から秘かに連れ出されたのだろうか。或《あ》るいは、野盗に襲撃を受けたのか。戦に巻き込まれたのか。

彼女を守る物は最早《もはや》、何もない。荒野に裸で放り出されたみたいに、果てしない孤独と先の見えない不安が、渦巻く恐怖に彼女を突き落とす。

「帰りたい」

声に出すと、己の言葉が厭《いや》に空々《そらぞら》しく聞こえて、小喬はその願いが不可能である事を知った。

ここが何処《どこ》かも分からない。彼女の身を包むのは深衣一枚で、一里も歩かない内に足は血に染まり、動けなくなるだろう。

何処の誰とも知れぬ盗賊の粗野な手に辱《はずかし》められるくらいならば、いっそ——

小喬は現世の苦しみを絶つ凶器を探して、室内に虚《うつ》ろな瞳を走らせた。

寝台、卓と椅子《いす》、それ以外は何もない、がらんどうの様な部屋だ。否《いや》、寝台の傍《かたわ》らに披帛《ストール》が落ちている。

小喬は嫌がる膝《ひざ》を無理矢理に伸ばして、よろよろと寝台の傍《そば》へ近付いた。しゃがんで披帛《ストール》を拾うと、淡色のそれは充分に長く、充分に丈夫だ。

小喬は窓辺に寄り、庭に面した格子戸を開けた。今は朝なのか日暮れなのか、地平の下から届く弱々しい光が、薄暗い庭先に樹木の輪郭を映し出す。小喬は寝巻きの裾《すそ》をたくし上げ、縁《へり》に身を乗り出した。

「小妹《シャオメイ》！」

その時、懐かしい声が彼女を呼び止めた。

懐かしいという表現は奇妙《おか》しいかもしれない。だが、もう何年も離れていたかのように、それは奪われた故郷の感覚を肌に甦《よみがえ》らせ、涙が出るほどの安堵《あんど》を小喬に齎《もたら》した。

「お姉様」

部屋の戸口に立っていたのは、彼女の姉、大喬《だいきょう》だった。

小喬は縁から飛び下りて、大喬の許《もと》へ駆け寄った。

「お姉様、よくぞ御無事で」

「貴女《あなた》も」

大喬が柳眉《りゅうび》を下げて微笑《ほほえ》む。小喬は、子供の頃の様に姉の腕に縋《すが》って泣きじゃくりたくなった。

「お姉様、私達はどうしてしまったのでしょう。まるで悪夢を見ているようです。それとも、今までの安寧の日々が夢だったのでしょうか」

「……覚えていないのね」

小喬は頷《うなず》いた。

大喬は説明しようとしたのだろう。顔を上げて、しかし言葉にならず俯《うつむ》く。そうして躊躇《ちゅうちょ》の末に、小喬の手から披帛《ストール》を取り上げると、震える彼女の細い肩にそっと掛けた。仄《ほの》かな温かさに、小喬は自分が芯まで冷えきっていた事に気付いた。

「聞きなさい、小妹。私達を攫ったのは孫家《そん》です」

「孫家……？」

「当主の名は孫伯符《はくふ》」

大喬は石よりも堅い口調で元凶の名を告げた。

片田舎の豪族の次女とは言え、世情に関して完全に無知な訳ではない。小喬の記憶が正しければ、孫家とは確か、かの有名な『孫子《そんし》』を書いた孫氏の末裔《まつえい》と言われる一族だ。

乱世の始まりに圧倒的強さを誇り、血も凍るような残忍さで漢王朝の礎《いしずえ》を覆した董卓仲潁《とうたくちゅうえい》。その傑物とも対等に渡り合った武烈王《ぶれつおう》、孫堅文台《そんけんぶんだい》が不慮の死を遂げた後、孫家は長男、孫策《そんさく》伯符が跡を継いだと聞く。

戦に於《お》いて、制圧した街で徴発を行うのは、悲しい事だが一般的な成り行きだ。軍隊は略取《りゃくしゅ》した金品、食料を軍糧にして進軍を続ける。

しかし、喬氏の屋敷が巻き込まれる場所で戦があっただろうか。

否。

二人を攫った犯人は、戦に関係なく強奪の限りを尽くす盗賊だろうか。

否。

小喬は理解して、愕然《がくぜん》となった。二人は偶然でも不運でもなく、明確な意志を以《もっ》て、最初から攫う目的で攫われたのだ。

「何という事」

理由を考えるとぞっとする。

小喬と大喬は揚州《ようしゅう》でも名高い美形姉妹と呼ばれ、大喬が微笑めば花が咲き、小喬が舞えば月も満ちると言われていた。彼女達の美しさを二喬と讃え、優しくしてくれる人々には感謝もしていたが、生まれ付きの外見などという軽薄な理由で攫われたのだと思ったら、小喬は悔しくて、今すぐ顔面を爪で掻《か》きむしり、泥を塗り付けたい衝動に駆られた。

「お姉様、私は嫌です。耐えられません」

「小妹」

「逃げましょう。逃げられないのなら、一思いに――」

「聞きなさい」

「！」

声を荒らげた訳ではない。頬を叩いたのでも、悲痛に泣き叫んだのでもない。

ただ一心に、小喬を見詰める大喬の眼差し《まなざ》に射抜かれて、小喬はその真摯《しんし》な姿から目を離せなくなった。

「死に依って守られる尊厳もあるでしょう。けれど、私は貴女を失うなど考えられません」

「お姉様……」

「生きましょう。私が貴女を守ります」

大喬は右手で小喬の手を取り、上から左手を重ねた。

白く柔らかな姉の手の平は冷たく、小刻みに震えている。

怖くない筈《はず》がない。

それなのに、大喬は自身の恐怖を差し置いて、嘆く妹を励まそうと笑みを浮かべ、力強い言葉で元気付けてくれる。小喬は胸がいっぱいになった。

この人が姉で良かった。

『女誡《じょかい》』を始めとする嗜《たしな》みを説く教えでは、女性は弱きを良しとし、男性に比べて徹底的に立場が低くあるものとされる。そう教えられ、そう育てられて来た。が、そんな常識に従うのは今日までだ。

小喬は残った左手を下から添えて、両手で大喬の手を強く握り締めた。

「決してお姉様の傍を離れません」

「約束よ、私の可愛《かわい》い小妹」

「はい」

強くなろう。

小喬は徐々に体温を取り戻す手に、生き抜く覚悟と、姉を守る決意を誓った。

＊　＊　＊

青い空に、色付いた秋の落ち葉が舞う。

葉は枝に芽吹いて美しく、生い茂って瑞々《みずみず》しく、散り行く様もまた風情《ふぜい》がある。

盧江《ろこう》の孫家の庭を箒《ほうき》が動き回る。それを追いかけて慌てふためく足音に、塀で羽を休めていた鶫《つぐみ》が一斉に飛び立った。

「お止《や》め下さい。お客人に手伝わせたとあってはわたし共が叱られます」

弱り切った声で冷汗を流しているのは孫家の雑事をこなす端番《はしたばん》だ。

彼女が持つべき箒は、庭先に落ち葉入れの籠《かご》を下ろした瞬間に奪われて、小喬の暇潰しの道具に任命されている。

小喬は箒を器用に操りながら、端番の制止を背中で聞き流した。

「叱られたら、私が我《が》を張ったのだと言えば良いわ。掃除をさせなければ、舌を噛んで死ぬと言って脅したとね」

「そうは仰《おつしや》いましても」

端番が短衣の袖口《そでぐち》で頻《しき》りに汗を拭《ぬぐ》う。

小喬は彼女を気の毒に思わないでもなかったが、太陽の光を浴びて普段と違った事でもしないと、くさくさして気が病んでしまいそうだった。

孫家の持ち屋敷に移された小喬は、拍子抜けするほどに自由だった。外を好き勝手に出歩く事は許されなかったが、与えられた部屋にいる限り、孫策に舞いを強要されたり、鬚面《ひげづら》の男達の酒の相手をさせられる事もない。

それどころか、小喬はまだ正式に、孫策に会っていなかった。

何故《なぜ》、そんな回りくどい言い方をするのか。

彼女は孫策に会っていない。だが、小喬に宛《あ》てがわれた部屋の前廊下は中庭に面していて、角まで進むと、屋敷の中心を通る渡り廊下を望む。そこに立つと時折、孫策や彼の配下の者達を見る事が出来た。

孫策は、小喬が見ているのに気付いていたかも怪しい。傍に付き従う青年が一瞬こちらを見て、すぐに目を逸《そ》らしたのが精々《せいぜい》だ。

「私は、この落ち葉以下ね」

小喬は地面にしゃがんで、落ち葉の一枚を指先で摘《つま》み上げた。

立ち止まって見る価値もない。燃やして暖も取れない。

「べ……っ」

唐突《とうとつ》に、端番が奇妙な声を上げて、煙を追い払うみたいに手を振って出てしまった声を誤魔化《ごまか》そうとする。小喬は立ち上がって小首を傾《かし》げた。

「何?」

「申し訳ありません。必要以外の無駄口は禁止されています」

「良いわ。私は孫家の人間ではないもの。気にしないで話して?」

そもそも、小喬は客と扱われる筋合いもない。

端番は裳《も》の端を指に絡め、漸く迷い続けた口を開いた。

「孫郎《そんろう》は夜《よ》も日《ひ》もなくお忙しい方ですから、わたし共も滅多《めった》にお姿を拝見する機会はありません」

「……会えなくて気を落としている訳ではないわ」

「ええ! ええ、勿論《もちろん》です。わたしが申しましたのはただ、当主様は亡きお父上の跡を継いでお忙しいというだけの話です」

不機嫌そうに聞こえたのか、端番は急いで訂正をして身体を縮こまらせる。

気を遣わせてしまった。

小喬は一言詫《わ》びを添えて、箒を端番に返した。

父、孫堅の急死から地に潜伏して二年は過ぎただろうか。孫堅の長男、孫策は、揚州一帯を治める袁術公路《えんじゅつこうろ》と微妙な距離を保ちながら、一族を復興する機会を窺《うかが》っていた。

袁家と孫家の関係は些《いささ》か複雑である。

袁術は袁紹本初《えんしょうほんしょ》という兄を持つ。異母兄弟であった彼らには元から確執があったが、新皇帝擁立を巡っての諍《いさか》いが、双方の溝を決定的なものにした。

一方ここに、皇室に連なる劉表《りゅうひょう》景升《けいしょう》という男がいる。

争いを好まない劉表を、乱世に大志を抱かない優柔不断者だと陰口を叩く者もいるが、彼が赴任する地域は常に平和で、民は一度たりとも戦火に巻き込まれた例《ため》しがない。穏やかで懐《ふところ》広い劉表の人柄と、戦に無縁な土地を好んで、多くの文人が彼の治める地方に移り住んだ。

袁家の兄、袁紹は、この劉表と旧知の仲で、彼を荊州刺史《けいしゅうしし》に任命した。弟、袁術にとっては二重に面白くない事態だった。彼は勿論、袁紹と反目していたし、何より荊州を手に入れたいと目論《もくろ》んでいたのである。

劉表が邪魔だ。

袁術は当時、配下にいた孫堅を焚き付けて劉表討伐に向かわせた。

到って簡単な図式だ。その戦は明らかに、袁術が劉表——延《ひ》いては袁紹から荊州を奪う為に仕組んだものであり、孫堅に荊州への出陣を取り止めるべきだと諫《いさ》める家臣もいた。

しかし残念ながら、孫堅には劉表との因縁があった。

一度、対董卓連合軍から身を引いた孫堅を、彼が持つ玉璽《ぎょくじ》を狙って劉表が襲撃した時から、孫堅は劉表を仇敵《きゅうてき》と看做《みな》していた。件《くだん》の襲撃自体が袁紹の命だったが、そんな事は孫堅にとっては些末《さまつ》に過ぎなかった。

袁術は関係ない。自分は自分の為に劉表を討つ。

孫堅は部下の進言を退けて、意気揚々と荊州へ兵を進める。破虜将軍の名に相応《ふさわ》しく、次々と敵を撃破して行った孫堅に何があったのか、詳しく語る者はいない。流れ矢に当たったのだとか、敵将の罠《わな》に嵌《は》まって落石で生命を落としたのだとか、真実は様々に噂されている。

一つだけ確実な事は、捕虜と引き換えに、孫堅は冷たい骸《むくろ》となって故郷へ帰されたという事実のみ。

以来、孫家と劉表の因縁は一層《いっそう》、根深く刻み込まれた。

無関係な立場にある小喬からすれば、孫堅は袁家の壮大な兄弟喧嘩《げんか》に利用されたのであって、いいように使われた配下同士が啀《いが》み合うのはどうにも解《げ》せない。根本的な死の原因を作ったのは袁術だ。

しかし、孫家は仇敵を劉表と定め、袁術とは敵とも味方とも付かない関係にある。それほどまでに劉表が憎いのか。隙《すき》あらば、袁術を逆に利用してやろうと企《たくら》んでいるのか。さもなければ単に考えなしの場当たり主義か。

しかしほんの少しだけ、解る気もする。

もし目の前で大喬が殺されたら、誰の命令であれ、小喬は剣を振り下ろした実行者を、臓物が引き千切《ちぎ》れるほどに憎むだろう。

一辺倒の答えは有り得ない。それが戦争で、それが人間だ。

小喬は孫策に共感めいた同情を感じ、咄嗟《とっさ》に頭を振って打ち消した。彼は小喬達を攫った張本人だ。同情など以《もっ》ての外《ほか》である。

「孫郎は立派なお方です」

端番は、小喬の何倍も器用に箒を操って、落ち葉を一枚残さず掻き集めた。

「わたしにも息子がいますが、孫郎の様に育ってくれたらどんなに幸せでしょう」

「…………」

孫策の周囲の人間は、事ある毎《ごと》に口を揃《そろ》えて彼を褒《ほ》める。その度《たび》に、小喬は複雑な思いで口を噤《つぐ》んだ。

廊下で遠目に見た孫策は、小喬が想像する野蛮な豪傑とは違っていた。

鍛えられた四肢《しし》はしなやかで美しく、容姿は端麗、澄んだ双眸《そうぼう》を聡明さと強い意志が輝かせている。

しかし、端正な風貌《ふうぼう》とは裏腹に、子供の様に明るく笑う声が中庭に響くと、配下の者から端番までが、無邪気な幼子を慈しむように微笑み、そして逞《たくま》しく育った我が子を誇るように胸を張った。

実際、小喬は彼から酷《ひど》い仕打ちを受ける事はなく、寧《むし》ろ丁重に何不自由ない生活を守られていた。大喬とは離れた部屋を与えられた為、会う為に伝言を頼んだり、部屋を出る許可を得なければならない所だけが不便だったが、望めば一晩中でも語り合う事が出来た。家にいた、あの頃と同じように。

「なあに？」

小喬は視線を感じて振り返った。端番の手が完全に止まっている。

「いえ、あの」

「遠慮なら要らないわ」

「は、はい」

端番は太陽を背負う小喬を凝視《ぎょうし》していたかと思うと、俄《にわか》に頬《ほお》を紅潮させ、夢現《ゆめうつつ》に呟《つぶや》くように口を開いた。

「本当にお綺麗です」

「え……」

「髪は夜を流し込んだように黒く艶《つや》やかで、頬は若い桃の実の様に柔らかで仄かに赤い。ただそうして座ってらっしゃるだけで天上人《てんじょうびと》の様な気品が感じられて、両の瞳はどんな宝石より高貴です。何とお美しいのでしょう。錠を掛けて閉じ込めておきたくなる気持ちも解ります」

端番は興奮気味に言うと、ふと我に還ったように目に正気を取り戻す。彼女は、はにかみ笑いで頭を下げ、落ち葉を両手で籠に移し始めた。

小喬は、言葉を返す事が出来なかった。

全《すべ》てを奪われる為の美貌など欲しくなかった。

端番自身、言ったではないか。『錠を掛けて閉じ込められている』と。

二喬の評判を聞き付け、若い好奇心で手に入れてやろうと考えたのだろう。孫策が如何《いか》に周囲の人間に慕われようと、どうせ上辺だけしか見ない浅薄《せんぱく》な輩《やから》に決まっている。一度も会いに来ない、呼び付けもしないのが良い証拠だ。

小喬は眩暈《めまい》を覚えて、疼《うず》く額を指先で押さえながら踵《きびす》を返した。

「お姉様に会いたい」

会って、それでも唯一奪われなかったものがあると、自分は独りではないと実感したい。思えば、大喬が体調を崩したり、部屋にいる機会を外したりで、最近は話すどころか満足に会えてもいなかった。

「伝言をお願い出来る？」

「あ、でも……」

小喬が遣いを頼むと、端番は何となく語尾を濁した。

「また具合がお悪いの？　だったら、私からお見舞いに行くわ」

「いえ、今夜は孫郎がお帰りになります」

「それが何？」

小喬が眉《まゆ》を顰《ひそ》めて聞き返すと、端番は最初の内は言い難《にく》そうに籠の背負い紐《ひも》を指で捏《こ》ねていたが、到頭《とうとう》、堪《こら》え切れなくなったように、赤い頬を嬉《うれ》しそうに緩《ゆる》めた。

「隠さなくとも、知っておりますよ。大喬様は、孫郎がお戻りになるとすぐに呼ばれますから。昼でも、お二人で仲睦《なかむつ》まじくお庭を歩いている所をお見かけしますので、ここだけの話、婚礼も間近ではないかとわたし共も噂しておりました」

「え……」

小喬は階段から足を踏み外しそうになった。

眩暈が大渦に変わり彼女を飲み込む。顔から血の気が引いて、全身の血液が足の先から流れ出て行く感覚がする。小喬は震える膝が折れぬよう、必死に力を入れて踏み止《とど》まった。

端番の言う意味が理解出来ない。

婚礼。

誰と、誰の。

「花の楽園にいるみたいにお美しくお幸せそうで、見ているだけで幸せな心地になります。孫郎と大喬様はきっと、運命の出会いだったのですね」

端番は、小喬が故意にとぼけていると思ったらしい。共犯者の様な含み笑いで、野暮《やぼ》は申しません、と唇を引いて掃除を再開する。

何も考えられない。思考と五感が鎖《とざ》されて行く、閉塞感《へいそくかん》が苦しい。

まだ太陽は高い位置にあるのに、小喬は闇《やみ》の中を手探りで歩くようにふらふらと、壁や柱にぶつかりながら、客室という名の牢獄《ろうごく》に引き籠《こも》った。

＊　＊　＊

世界の色が失われたようだった。

音も、温度もない。

しかし、心が現実を拒んでいる所為《せい》だと解る程度には理性が残っていて、悲劇に酔ってしまえない自分の可愛げのなさに嫌気が差した。

小喬は椅子に浅く腰かけて、卓上に並ぶ品々の中から金の簪《かんざし》に手を伸ばした。灯りに翳《かざ》して見ると、格子の細工に小さな花を鏤《ちりば》めて、髪に挿《さ》す方へと二股に分かれる根元には蔦《つた》の飾りが、反対の先端には九重《ここのえ》の花があしらわれている。

不意に立てかけた鏡を見ると、青銅のよく磨かれた鏡面に、華やかな簪には到底《とうてい》似つかわしくない自分が映った。髪を等閑《なおざり》に下ろして、歪《ゆが》んだ顔は赤い衣に比べると余計に白く、死人の様だ。

「気に入って頂けましたか？」

「！」

部屋には彼女しかいない筈だった。

小喬は反射的に立ち上がり、椅子が倒れるのも構わず戸口を睨《にら》み付けた。

「こんばんは」

遠慮がちに挨拶《あいさつ》したのはまだ若い青年だ。

一続きの深衣を身に纏い、ゆったりした上着を羽織っている。男性の服は元から刺繍《ししゅう》の入らない物が多いが、それにしても生成《きな》りの生地をそのまま使っているように見える、全身を統一して素朴な色合いは酷く地味だ。

だが簡素な衣服は、彼の魅力を引き立てこそすれ、損ねる事はなかった。

「私の名は――」

「存じております」

小喬は彼の言葉を遮って、名乗りを冷たく切り捨てた。

渡り廊下で数度、目が合った事がある。いつも孫策の傍に付き従って、親友同士の様に笑い合っていた。後に、実際、孫策とは親友だと端番に聞いている。

周瑜公瑾《しゅうゆこうきん》。

孫策の片腕にして孫策軍の参謀だ。

小喬は、周瑜の視線が自分の手許にあるのに気付いて、簪を卓上に戻した。

「少しお話ししても？」

「どうぞ。夜更けに遣いも立てず、女性の部屋を訪れるのは、分別ある男性のなさりようとは思えませんが」

小喬が皮肉たっぷりに答えると、周瑜は苦笑いをして一直線にこちらに近付いて来る。小喬は思わず身構えたが、彼は真横を素通りして、彼女の倒した椅子を床から起こした。

にこりと微笑み直した周瑜の笑顔が、小喬の緊張を見透かしているようで悔しい。小喬は椅子に座り、背筋を伸ばして毅然《きぜん》と周瑜に対峙《たいじ》した。

(噂通りの優男《やさおとこ》ね)

周瑜は卓の向かい側に腰を下ろして、長い袖を小指で押さえながら、膝に手を置く。立ち居振るまいは雅《みや》びやかで、孫策を如何にも青年らしい剛の美男とするならば、周瑜は花の似合うような柔の美男だ。

年の頃は十七、八。文武に長《た》け、音楽に精通し、巷《ちまた》では美周郎《びしゅうろう》と呼ばれる。世の女性は彼の噂に頰を染め、一目見ただけで恋に落ちるという馬鹿げた風評がある。

(愚かな話だわ)

世の女が全て、従順にかしずくと思ったら大間違いだ。

小喬の父親は彼女ら姉妹を上も下もなく可愛がってくれたし、喬家の誠実な端番には男もいる。父を訪ねて来る客人の中には強面《こわもて》の武人もいて、威風堂々とした佇《たたず》まいには圧倒されたが、いざ話してみれば怖いと思う所はひとつもなかった。

人間、皮を一枚剝《は》げば、美醜も男女も同じ。

常識の柵《しがらみ》を捨てた小喬に恐れはない。

小喬は気持ちを鷹揚《おうよう》に持ち、喉《のど》の奥で小さく咳払《せきばら》いをして、周瑜に訪問の目的を促した。

周瑜は手付かずの贈り物から視線を上げて、微笑みと共に目礼をした。

「こちらには慣れましたか?」

「幼い頃から暮らして来た土地と、気候も食べ物も変わりません。おいでになったのですから、御存じでしょう?」

「皖《かん》に所用がありまして」

「あそこは袁術の領地では……」

「お詳しい。三万人の職工と鼓吹《くすい》が無傷で手に入りました」

周瑜がさり気なく話を逸らす。皖城は陥落したらしい。彼のあっさりした語り口調、その潔さが、戦に対する容認に聞こえて、小喬は眉が形を歪めるのを抑えられなかった。

「劉表の様に、皆が一様に戦わなければ、戦争も、戦火に苦しむ人もなくなるでしょうに」

戦乱へと一斉に駆け出す時代には辟易《へきえき》する。だが、小喬が呟くや、

「二度とその名を口にするな」

周瑜の厳しい声が小喬の心臓を貫いた。

呼吸が止まり、硬直してしまった小喬に、周瑜は憤《いきどお》りと後悔を綯《な》い交《ま》ぜにして、切れ長の涼しい眼差しを下方へ伏せた。

「董卓が何をしたか、貴女も知らぬ訳ではないでしょう。あの時、誰も剣を取らなければ、漢王室は根底まで腐敗し切って、今でも董卓の暴政を許していたに違いありません」

「……知っています」

董卓の暴虐の数々を列挙したら、洛陽《らくよう》の大火さえ多数の一つに霞《かす》む。

献帝を保護する名目で得た漢王室を後《うし》ろ楯《だて》にして、董卓は豪族の屋敷を襲い、数々の街を潰した。直接攻め込まれなかった民達も、長安《ちょうあん》に遷都する費用を捻出《ねんしゅつ》する為に董卓が施行した通貨の改悪に依《よ》って、著しい物価の高騰に苦しめられた。

繰り返される強奪、殺戮《さつりく》。

人々は董卓を斃《たお》す為に兵を挙げた。

そして目的を達成した後、彼らは宙に浮いた覇権を我が手に摑もうと、互いに鎬《しのぎ》を削っている。

「けれど、戦わない選択肢はありました。黄巾の乱では、今敵対している人達は朝廷の為に集《つど》い、董卓とさえ手を取り合っていたのでしょう？」

「その乱に依って、中央の脆弱《ぜいじゃく》さが浮き彫りになったのです。結果、董卓や曹操《そうそう》の様な、王朝を道具としか思わない輩が乱世にのさばる事になった。国を正しく導く為には、戦は必然です」

「中央の弱さを知ったなら！」

小喬は堪らず語気を荒らげた。

「董卓に付け入る隙を与えたのは、帝位争いではありませんか。何太后《かたいこう》のお身内による専横に対抗すべく、宦官《かんがん》一派が暗躍する。そうした諍《いさか》いが何度、いえ、何代あった事か。閉鎖的な体制は悪の温床となり、王室を内側から腐らせたのです」

「…………」

「董卓より早く外部から立ち入り、王室を正しい方向へ導く者がいなかったのも必然ですか？　太后が、将軍が、宦官が、豪族が、私欲を捨て、大義の為に役目を全《まっと》うしていれば、太平の世は磐石《ばんじゃく》を誇り、千年と続いたでしょう」

喋《しゃべ》り過ぎている。誰に敬意を払って、何処で敬語を使うべきかも覚束《おぼつか》ない。

小喬は自身の思考と感情の手綱を締めて、深く息を吐き出した。

理想論だ。実際に起きてしまった戦を前に、あの時こうすれば良かった、ああしなければ良かったと理屈を捏ねても民は救われない。

それでも、願わずにはいられない。

赤子が望んで生まれる場所。家族で笑い、仲間と歌い、いつか旅立つ日には、ささやかでも良い、幸福を供に土に還りたい。赤子は自由に産声も上げられず、民は息を潜《ひそ》めて暮らし、突然一方的に生命を奪われるような世界は間違っている。

「戦争なんて大嫌い」

小喬は膝の上で深衣を握り締めた。

「……何という事を仰る人だ」

周瑜はそう言って、穴が開くほど小喬の顔を凝視した。

生意気なでしゃばりだと、鞭《むち》で打たれてもおかしくない。ところが、周瑜は涼しい目許をきらきらと輝かせて、卓上に身を乗り出した。

「聡明な方だ。これほど世情に明るく、確かな意志を持つ女性には会った事がありません」

「？　は、はあ」

「興味があるならば、書物を何冊かお貸ししましょう。私が専《もっぱ》ら熱心に読むのは兵法ですが、戦がお嫌いならば史書の方が良いですね。詩歌はお好きですか？　今、手許には何があったかな。自室に帰って確認を――」

周瑜は話に夢中になって、椅子から腰を半分浮かせる。彼のはしゃぐような姿に小喬が呆然としていると、周瑜はふと真顔に戻って居住まいを正した。

よく見ると、目許が赤らんでいる。英知を備えた参謀殿としては、今の行いは計算外だったようだ。照れている。

周瑜が明らかに小喬の視線を拒むので、小喬は目を逸らさず真っ向から見詰め返してやった。

「それはそうと」

周瑜は大仰《おおぎょう》に咳をして、強引に話を戻した。

「起きてしまった戦は止まらない。どう足掻《あが》いても元の形には戻りません」

「分かっています」

理想を論じるだけの小喬より、実際に家族の為に戦う民や、窮状に順応して耐え忍ぶ女性の方が数百倍、現実的で立派な生き方だという事も分かっている。小喬は世を嘆くだけで、世を変える努力は何一つしていないのだから。

小喬は黙り込んだ。

自身の言葉が意味を持たない事を痛感してしまった。

小喬の願いは子供じみた夢だ。

「夢です」

「！」

周瑜の一言に、小喬は目を剝《む》いた。

心を読まれたかと思った。小喬が周瑜を見ると、彼は目尻の赤みも取れ、微動だにしないで彼女の訝《いぶか》る視線を受け止めた。

「この国は孫策の夢です」

「…………」

「戦わない世界の為に、私達は戦うのです」

周瑜の声音《こわね》に、迷いはない。彼の双眸は揺るぎない志を秘め、不撓《ふとう》の虎の様に気高く、聞こえた耳から小喬の身体に震えが走った。

「戦わない為に戦う。夢の為に……」

「私の生まれた舒《じょ》の町に伯符が移り住んで来て、私と彼はすぐに仲良くなりました。あの時から、伯符の夢は私の夢。もうきっと身体の一部なのです」

言葉が質量を伴い、塊となって腹に沈む。塊は鉛の様に重く、小喬のある部分を打ち砕き、真新しい感覚を植え付けた。

ぼんやりする意識の端で、周瑜が立ち上がるのが分かる。彼は卓に並んだ装飾品の数々に触れるか触れないかの所で、それらの輪郭を丁寧に指でなぞった。

「流行《はや》りの小物はお好きではないようですね。聞かせて下さい。伯符はきっと、貴女の好みを知りたがると思います。彼にも妹がいますから、思い出すのでしょう」

「……それに答えたら、貴方《あなた》も一つ、私の質問に答えて頂けますか？」

「交換条件という訳ですね。分かりました」

周瑜が簡単に頷く。

小喬の意識はまだ半分、午後の水面みたいに曖昧《あいまい》に揺れていて、自分でも驚くほど静かな声がするりと零《こぼ》れ落ちた。

「孫策は姉に何をしたのですか？」

周瑜の指が、櫛の先で止まった。

最近、大喬に遣いを出すと返って来る断りの返答。仮病や居留守が小喬と会わない為の口実だとしたら、以前の姉ならば考え難《がた》い事だ。

周瑜は、答えを躊躇《ためら》う事はしなかった。

「自分が何でもするから、妹には辛い思いをさせてくれるなと。貴女の姉君は伯符にそう訴えました」

「まさか」

「本当です」

周瑜は残酷なくらい真直ぐな目をして、小喬にそれが真実だと思い知らせる。

信じ難い思いで立ち上がった小喬の、不確かだった意識は一気に現実に引き戻されて、床を踏む足の裏の感触までもが生々しくて気持ちが悪い。

「彼女の気丈さを、伯符はいたく気に入ったようです」

「そんな、信じられない」

「……軽い気持ちがなかったとは言いません」

周瑜の凜《りん》とした面持ちに、自嘲《じちょう》が微かに影を落とした。

「皖に攻め入る数日前です。貴女方は野原で花を摘んでいた事があったでしょう」

「花？」

小喬は思い返して、記憶を探し当てた。確かに攫われる二、三日前に、茶に花を浮かべたら香りも付いて楽しかろうと、大喬と一緒に屋敷の外へ出かけている。

「そこに伯符と私は偶然通りかかっていたのです。伯符は一目で姉君に心を奪われて、自ら馬を走らせ、二喬と呼ばれる姉妹であると突き止めました」

そして奪った。

正面から訪問したのでは、会う事も叶《かな》わなかっただろう。喬氏は江東《こうとう》の孫家よりも寧ろ北部、河南の豪族と付き合いが深い。ともすれば、屋敷で敵対する武将と鉢合わせという事態も有り得た。

「姉は、苦渋の末に、女の身で生き抜く道を選んだのですか?」

「……本心は当人のみぞ知る、です。私には、そうであるとも、そうでないとも断言しかねます」

小喬の心に、そうでなければ良いと思う気持ちと、飽くまで孫策に反発していて欲しいと思う気持ちが鬩《せめ》ぎ合う。

だが結局、行き着く所は決まっていた。

「姉が、孫策様に惹《ひ》かれたのだと願います。姉に会ったら、どうか伝えて下さい。妹は何があっても、貴女を憎む事はないと」

小喬は奥歯を嚙み締め、口を衝く幼い不満を押し止めた。

孫策への恨みより、大喬の幸せを願う想いの方が数段強いに決まっている。

姉が孫策と共に歩く道を選んだのならば、諦《あきら》めでなく好意からであって欲しい。

孫策との仲を後ろめたく思って小喬と会う回数が減っているのであれば、無用な憂慮だと知って、心置きなく笑って欲しい。

「貴女は強い人ですね」

「ええ、私は強いのです」

あの日、大喬の温かな手に誓った。姉を守る為に強くなると。

手の平を上に向けて、大喬の手を握った感覚を思い出した途端、目頭が熱くなって来る。小喬は瞬《まばた》きを堪えて、決して涙は見せまいと両の頬に力を籠めた。

「強くあろうとする貴女の心は美しい」

ささやくような声音はすぐに小喬に背を向けて、男性にしては華奢《きやしや》な手が懐から笳《あしぶえ》を取り出した。

周瑜は呼吸をするように自然に、笛の音を奏《かな》でた。

葦で作られた笛の音色は素朴だが繊細で、風に吹かれる草の匂いを思い出す。

江水の雄大な流れ。水を多く含んだ大地が緑を育《はぐく》み、大別山《たいべつざん》の連なる尾根が遠く霞んで見える。

青空の下に広がる懐かしい故郷。

身体を満たす柔らかな笳の調べは四肢の隅々にまで浸透して、小喬に愛おしい風景の幻を見せた。

最後の一音が結ばれる。名残惜《なごりお》しいという言葉では足りない。まだ聞きたい。いつまでも聞き続けたい。

小喬の秘かな願いが言葉を越えて聞こえたかのように、周瑜は下げた腕を再び胸の前に掲げた。

「僅《わず》かでも貴女の心が安らぐならば、喜んで何曲でも奏でましょう」

「仮令《たとえ》眠るまで奏《そう》して頂いても、夢の中で悪鬼《あっき》に追いかけられるかもしれません」

「では、夜明けまで」

小喬の負け惜しみを愚直に受け取って、周瑜が薄い唇に笳を当てる。小喬はもう二、三、言い返してやりたかったが、演奏が始まると、思考は音に服従して、自分が今、何処にいるのかすら忘れてしまった。

心地よい音色に身を委《ゆだ》ねる。決意、柵、虚栄、意地。花びらが開くように一枚、また一枚と頑《かたくな》な鎧《よろい》が乖離《かいり》して、生まれ立ての赤子に戻った心持ちだ。爽やかな風が吹き抜けるようで、不思議と純白の綿に包まれているような安堵を覚える。雲の上で眠ったらきっとこんな風だろう。

美しい。

否、これは優しさだ。

「――――」

小喬の左頬に雫《しずく》が伝う。無抵抗になった心は涙を塞《せ》き止められない。

笳の音が止む。

小喬は両手で顔を覆い、周瑜の前から逃げ出した。

「見ないで下さい」

部屋の奥に逃げ込んで、壁と寝台に挟まれた角に蹲る。追って来る周瑜の足音が聞こえて、小喬は両腕を挙げて周瑜から顔を隠した。

「私は……どんな苦境に陥っても、お姉様と一緒に……お姉様と」

涙に釣られて、奥底に仕舞い込んだ素直な感情が溢《あふ》れ出す。

「お姉様を助けたかったのに……」

自分だけが何もしていない。何も出来ない。

小喬は己の弱さに打ちのめされて、涙で水分を流し切り、干涸《ひから》びてこの身が消えてしまえば良いと思った。

「渡り廊下から、庭先に佇む貴女を見ていました」

周瑜の手が小喬の手首を摑み、ゆっくりと腕を下ろさせる。小喬はもう取り繕《つくろ》う事も出来なくて、泣き腫《は》らした目を開けた。

「貴女は騒ぐ事なく、自棄《やけ》にならず、当り散らす事なく、純粋な瞳で姉君を想っていた」

「私には……それしかありません」

大喬と約束したのだ。

声を出したらまた涙が溢れて、しかし両腕を掴まれているので拭う事も出来ない。小喬が俯いてはらはらと涙を落とすと、周瑜は右手を離して、親指で彼女の頬を拭った。

「貴女の強さを尊敬します。だからこそ私は、今日ここに来ようと思ったのです」

周瑜に掴まれた右の手首が熱い。

初めてだった。

父を訪ねて来る人々も、近隣の民も、見た事もない遠方の人間までが、二喬の噂を聞き、彼女達姉妹の美しさを褒めそやした。

しかし、彼女自身が認められたのは、姉以外で初めてである。

「貴女の所為ではない。貴女の為に出来る事がある幸せを知っているでしょう？

人を大切に想える貴女なら」

お前は間違っていない。

肯定され、背を押される事が自分で在り続ける勇気をくれる。

「安心して下さい。貴女は姉君の足手纏いではありません」

「……っ」

瞬間、小喬の涙から悲しみが消えた。止まらないのは安堵の所為だ。

周瑜が幼い子供をあやすように小喬の髪を撫《な》でる。

小喬は引き寄せられる腕に倒れ込み、周瑜の胸に顔を埋めた。

周瑜は、小喬が泣き疲れるまで彼女の身体を支え続けた。長時間、同じ姿勢でいたから足が痺《しび》れたのだろう。腕の下から覗《のぞ》く周瑜の足許が僅かに揺れているのが分かって、小喬は離れようとしたが、大泣きする所を見られてしまったので顔を見るのが気恥ずかしい。

小喬は勢いでえいと両腕を前に伸ばし、周瑜の腕の中から身体を起こした。

「私、お茶を淹《い》れるのが好きです」

唐突に言い出した彼女に、周瑜は目を丸くしたが、すぐ理解して優しく微笑む。

「交換条件、ですね」

「はい」

小喬は故郷を離れて初めて、心からの笑みを浮かべた。

第一節

一、囚われの鳥

豫州許都《よしゆうきよと》、許昌殿《きよしようでん》。

空を横切る小鳥にも全貌は見渡しきれない。広大な地に建てられた壮麗な宮殿は、漢《かん》随一と言っても過言ではなかった。

聳《そび》える城壁は隙間風も通さず、職人の手で丹念に焼かれた瓦は整然と並び、石柱の彫刻は芸術の域に達する。宮城、角楼、厩舎《きゆうしや》に至るまで手入れが行き届いて、許の繁栄を物語るようだ。

陽光が朝の霞《かすみ》に乱反射して、許昌殿を澄んだ静寂と厳粛な空気で包み込む。小鳥は甲高い囀《さえず》りを歌いながら、大空を旋回して許昌殿へと下降した。

「あ、鳥だ」

玉座で退屈そうに座っていた若き献帝《けんてい》は、ぱっと顔を輝かせた。床に整列して座る大臣達は厳粛な面持《おもも》ちで待機の姿勢を崩さない。一人、大臣の孔融文挙《こうゆうぶんきよ》だけは気紛らわしを得て喜ぶ献帝を眺めて、口許を微かに綻《ほころ》ばせた。

その時、地響きが城内に轟《とどろ》く。

人々は肝を冷やして身を竦め、小鳥は献帝の手から飛び立った。

徐々に近付く音が、献帝の無垢《むく》な表情を強ばらせる。これは、剣の鞘《さや》が帯の宝珠にぶつかる音だ。姿なくして威圧的なその音の主を知らぬ者はいない。

見渡す前庭に物々しい鎧《よろい》の兵士が整然と列を成す。

正面に影が立つ。

大臣達が一斉に頭《こうべ》を垂《た》れる。

献帝は玉座に腰を下ろし、悠然とした態度で男を見据えた。

「陛下」

まるで地鳴りが人の言葉を持ったかのように、厳格な物言いが低く響いた。

太い眉の下の眼光は鋭く、整えた白髪混じりの口髭が、彼の若々しい面持ちを五十四歳という年齢に相応しく重厚に見せる。赤い衣に刺繍の入った帯を巻き、大きな翡翠《ひすい》の玉佩《ぎょくはい》がそれを優雅に彩った。

が、彼の真骨頂は腰の剣にこそある。

金箔を施した拵《こしら》えは上品だが、それらは血生臭さを隠す鍍金《めっき》に過ぎない。

黄巾賊《こうきんぞく》を鎮圧して精鋭三十万を配下にし、幾度か陥った窮地を持ち前の機転で切り抜け、遂《つい》には、かの董卓《とうたく》を討った呂布《りょふ》奉先《ほうせん》をも撃ち破り、献帝を自身の本拠地、許に遷《うつ》す事に成功した。

その数多《あまた》の戦を乗り越えた実績と自信が、他の武将に比べて決して大きくない彼の身体を一回りも二回りも大きく屈強に感じさせていた。

曹操孟徳《そうそうもうとく》。

漢王室は今、彼の手中にあった。

「劉備《りゅうび》、孫権《そんけん》の征伐命令をお願い申し上げましたが、御決断頂けましたでしょうか？」

「北の烏丸《うがん》を征伐したばかりで、兵も民衆も、まだ落ち着いていないではないか」

献帝が不安げにするのは戦の所為ばかりではない。

曹操が側近に付いてから、献帝の一挙一動一語一句は曹操に監視されているようなものだった。常に束縛され、帝《みかど》の立場も利用されるだけの薄様《うすよう》の冠である。

献帝は二十歳の年に曹操を誅殺《ちゅうさつ》する密勅《みっちょく》を部下に託すも、実行前に曹操に看破され、関わった者は処刑。献帝は曹操に逆らえない身の上にあった。

「孫権と劉備は江南《こうなん》一帯を支配し、朝廷を敬わぬばかりか、秘かに転覆を企んでおります。このままでは、兵士や民衆が落ち着く前に、国が存亡の危機に瀕《ひん》するやも知れません」

「しかし、劉備が私の遠縁の叔父に当たる事を忘れてはならぬ」

献帝の決死の反論は、曹操の前髪を揺らす微風にもならない。

「それに、劉備は……」

怯懦《きょうだ》と反意で身を震わせる献帝を、曹操は至近距離から睨《ね》め付ける。

献帝は堪え難いといった様子で曹操から視線を逸らした。

「もう少し考える時間をくれ」

「何を考える事がございましょう！」

曹操が腹から響く声で一喝した。

「私が戦を起こし、遥《はる》か故郷を離れた地で千人もの兵士を埋葬したのも、偏《ひとえ》に弱体化した漢の血筋を守る為です」

彼の深い傷痕が残る拳《こぶし》は怒りに打ち震えている。

「陛下が苦境に陥った時、手を差し伸べる皇族はいませんでした。その事をお忘れではありますまい。何としても国をお守り下さい。陛下をおいて、天下を支配するに足る者などおりません」

曹操は帯の飾り布を翻《ひるがえ》し、玉座の前に跪《ひざまず》いた。

「最早猶予はなりません。陛下。劉と孫を討伐し、天下平定の大号令を！」

「陛下、どうか御命令を！」

曹操に呼応して、城の表で一万の兵が跪き、鎧の擦れ合う音が天を揺らした。

献帝に、逆らう術《すべ》はない。

「……曹操よ、立て。そちの助言通りにしよう」

献帝は額の汗を隠し、努めて形式的に命令を下した。

「余の兵を率い、江南を平定するが良い」

逆らえない。

怯《おび》えた鳥の様に逃げて飛び立つ事も出来ない、籠の中の鳥だ。

献帝の屈辱を目の当たりにした大臣達は、俯き、嘆き、声を殺して啜《すす》り泣く者もいる。それらに曹操はまるで知らぬ顔をして、寧ろ無力な彼らを鏡に自身の揺るぎない力を見て楽しんでいる風ですらあった。

このまま黙っているしかない。誰もがそう思っていた沈黙の直中《ただなか》、孔融が立ち上がった。

「陛下。どうか進言をお許し下さい」

孔子二十世の子孫で、人柄は剛胆で聡明と知られている。

孔融は拱手《きょうしゅ》で一礼し、献帝の前に進み出た。

「劉備は陛下の叔父君にして、民を愛する君主でもあります。孫権は父親とその兄弟の故郷に諂《へつら》うばかりで、朝廷に楯突《たてつ》いた事はただの一度もありません。曹操殿は、正当な理由もなく、戦を始めようとしておられる。先程の言葉は、軍を牛耳《ぎゅうじ》り、国を統治する為の口実に過ぎません」

曹操が左目を眇《すが》める。

献帝は孔融の言葉に聞き入っている。

孔融の声がより一層高くなった。

「陛下に取って代わる気などないと言い張っても、そのような嘘を信じる者はおりません。謀反人《むほんにん》は劉備でも孫権でもなく、曹操自身に他ならないのです！」

沈黙が辺りを支配する。

無言の下、城内に怒りが満ちて行くのが分かる。返事をすべき献帝が竦み上がって呼吸も止まるほどに、曹操の顔は怒気に歪み、手は既に剣の柄《つか》に掛かっていた。

大臣達は蒼白になり、慌てて二人の間に割って入った。

「孔融殿、またもや酒が過ぎたのでは……」

「頭が回らないように見えますが」

「曹操殿。孔融殿の御無礼、どうかお許し下さい」

一同が固唾《かたず》を飲んで見守る中、曹操は大臣達を一瞥《いちべつ》すると、不敵な微笑みを浮かべて部下に告げた。

「手筈を整えよ！」

その日、皇帝騎馬隊が軍備を整え、一人の大臣の首が飛んだ。

血の付いた曹軍の軍旗に追い立てられるように、小鳥が天空へ飛び去った。

二、糜夫人

時は二〇八年、後漢末期。

糜夫人《びふじん》は、我ながら幸せな一生を送れたと思っていた。

東海朐県《とうかいくけん》に生まれ、兄弟姉妹と伸びやかに育ち、兄、糜竺子仲《びじくしちゅう》が支える劉備玄徳《げんとく》の第二夫人になった。子供には恵まれなかったが、劉備は他の妻と分け隔てなく彼女を大事にしてくれたし、甘夫人《がんふじん》に子が生まれた時は我が事の様に嬉しかった。

義に厚い劉備の周りには良い武将が集まった。

桃園《とうえん》の誓いで義兄弟となった関羽雲長《かんううんちょう》、張飛翼徳《ちょうひよくとく》との出会いは、他のどんな宝にも勝る天恵と言える。

特に関羽には、糜夫人も大いに助けられた。

八年前、曹操が小沛《しょうはい》に攻め込んで来た時の事である。突然の襲撃に劉軍は散り散りになり、曹軍の手は糜夫人と関羽のいた下邳城《かひじょう》に及ぶ。

曹操は、優れた人材は敵であろうと重用《ちょうよう》する男だ。関羽は武勇に富み、人柄も善く、曹操の目に止まらぬ筈はない。追い詰められ、降伏を迫られた関羽は、糜夫人、甘夫人の安全と、劉備が生存していた場合は辞去する事を交換条件に献帝に降《くだ》った。

許都に入った関羽は、与えられた屋敷、金品の全てを夫人達に譲り渡し、曹操に従って戦に出る一方、許にいる間は彼女達の警護に当たった。劉備の生死が不確かであるにも拘《かかわ》らず、だ。

曹操は、金銀財宝、美女にも喜ばない関羽の心をどうにかして手に入れようと、四苦八苦知恵を絞った。そうして次に思い付いたのは馬だ。

関羽は身の丈が九尺もあり、並み大抵の馬ではすぐに乗り潰してしまう。彼が乗る酷く痩《や》せた馬に気付いた曹操は、かつて豪傑、呂布が乗っていた名馬、赤兎《せきと》を連れて来させた。

これには関羽も感激して、ようやっと破顔して曹操に礼を述べた。

『この馬があれば、兄者が見付かった時、すぐに飛んで駆け付けられます』と。

御満悦だった曹操が、一瞬で嫉妬《しっと》に歯噛みしたのは言うまでもない。

「あの時の曹操ったら」

糜夫人は思い出し笑いをして、腕の中できょとんとする赤子に笑いかけた。

阿斗《あと》。愛おしい、劉備の御子だ。

ふっくらした白い頬には煤《すす》が付き、お包《くる》みは泥で汚れて端が焼け焦げていたが、人差し指を差し出すと握り返す小さな手は強く、生命力に溢れている。

「無事に送り届けなければ……」

糜夫人は立ち上がろうとして、左足に走る激痛で地面に崩れ落ちた。倒れた弾みで瓦礫《がれき》が腿《もも》を刺すように打つ。痛みを堪えるだけで脂汗が浮かんで、呼吸が荒くなる。これ以上動くのは無理そうだ。

「大丈夫。お父様が迎えに来てくれます」

糜夫人は阿斗をあやして、廃虚の壁に寄りかかった。


事の起こりは八月、劉表《りゅうひょう》が病で他界した日に端を発する。長男、劉琦《りゅうき》は跡目争いを避けて夏口《かこう》へ入っていた為、次男の劉琮《りゅうそう》が跡を継いだが、翌九月、劉琮は荊州《けいしゅう》を曹操に明け渡してしまった。その為、荊州に身を寄せていた劉備は、近付く曹軍に逃走を余儀無くされたのである。

「お人好しなんだから」

糜夫人は知っている。

劉備は、劉表に荊州を任せたいと言われていた。しかし、敗戦し、味方とも逸《はぐ》れた自分を助けてくれた恩人の領地を奪う事は出来ないと断って、新野《しんや》の城を預かるに留まった。劉表の死後、荊州を手に入れる好機だと言われた今回も、劉備は首を横に振って逃走を選んだ。

それで良い、と糜夫人は思う。

人を人とも思わぬ乱世にあって、他人の為に泣ける人間がどれだけいるだろう。

そんな劉備の純朴な人柄を慕い、十万の民が彼と共に新野を後にした。多過ぎる人数と家財道具、加えて数十里にわたって続く長阪坡《ちょうはんは》の坂道で、一日十里が限界の遅い足並みを強《し》いられた劉軍は必然的に曹軍に追い付かれた。

恐ろしい光景だった。

兵は抵抗虚しく見るも無惨に殺されて、地面に倒れてまだ息がある者も矛で突き刺され絶命した。敵は民にも情け容赦なかった。至る所で煙が上がり、止まない慟《どう》哭《こく》が地上に滞留した。

糜夫人と甘夫人は、数名の護衛と共に敵の死角を走って逃げ道を探していた。糜夫人は、元より華奢で疲労の色濃い甘夫人に代わって阿斗を預かり、皆から一歩たりとも遅れまいと神経を尖《とが》らせた。

しかし、隻眼《せきがん》の敵将は緩くはなかった。

『劉備の家族に違いない。幼子を捕らえるのだ！』

敵将の檄《げき》が飛び、背後から敵兵が襲いかかる。護衛が剣を受け止めると、睫《まつげ》に触れるほど間近で剣戟《けんげき》の響きと火花が散った。

阿斗を守らなければ。

糜夫人は脇目も振らず駆け出した。肩に矢を受け、槍に突かれた左足は肉が裂けて燃えるように熱かったが、両の腕で阿斗を抱き締め、足は痛みを感じるより走る事だけに専念した。

隻眼の敵将の追撃を振り切れただろうか。怒号や悲鳴はいつの間にか聞こえなくなっている。それに砂塵《さじん》と靄《もや》で視界は悪く、更に朽ちた土壁が障壁となり、敵の目から二人を隠してくれていた。

「お父様が迎えに来てくれる」

糜夫人は阿斗と自分に言い聞かせて、揺り籠の様に上体をゆっくり前後に揺らしてやった。

阿斗はむずかって、反り返ろうとしたり、糜夫人の腕に額を押し付けたりする。隊列から逸れて随分《ずいぶん》経つ。乳は出ないが、せめて水を飲ませてやりたい。糜夫人は古井戸を見遣《みや》って、小石を一つ放り投げた。どうやら涸れてはいないようだ。しかし、釣瓶《つるべ》がなく、敵味方が駆け回る中に探しに行く訳にはいかない。

せめて一滴でも。糜夫人が身体を引きずって井戸の傍へ歩き始めた時、項《うなじ》を生温い風が撫でた。

「うわああん」

阿斗が大声で泣き出した。

泣き方がおかしい。空腹や眠気でぐずっているのではない。

糜夫人は悪寒を感じて勢いよく振り返った。

見付かった。

敵だ。

二騎の驃騎兵《ひょうきへい》が一気に糜夫人との距離を詰める。

長槍の先が眼前に迫る。

刺される。

糜夫人は無意識に阿斗をかき抱き、盾となって無防備に死の刃《やいば》に晒《さら》された。

突風が彼女の髪を巻き上げた。

「ぎゃあっ」

男の鈍い悲鳴が響いた。糜夫人は、恐るおそる右目を開いた。

馬が横倒しになり、落馬した驃騎兵が押し潰されている。

体当たりして傾いた馬体を即座に立て直し、雄々しい蹄《ひづめ》が糜夫人を守って敵の正面に立ちはだかった。

「趙《ちょう》将軍！」

「はあっ」

趙雲《ちょううん》は片手で手綱を操り、敵の攻撃をかい潜《くぐ》って、残った驃騎兵の喉に槍を突き立てた。二人の敵を沈めて、周囲を見回してから馬を降りる。槍を納め、彼は糜夫人の許に駆け寄った。

劉備の腹心、趙雲子龍《しりゅう》、その人である。

「奥方様。参りますのが遅れた事をお許し下さい」

片膝を突き、若武者らしい力溢れる目で糜夫人を見上げて、来てくれただけで充分だと言うのに、趙雲の悔いる表情は本気だ。

糜夫人は涙が滲《にじ》む瞳を伏せて、趙雲の腕に阿斗を預けた。

「この子は、劉備様のたった一人の御子です。決して敵の手には渡さないと約束して下さい」

「はい。若君を、君主様の許へ連れ帰る事をお約束致します」

趙雲は不馴れな手付きで阿斗を抱き直す。糜夫人は袖を片方千切って一部を縦に裂き、三角巾の要領で阿斗を趙雲の胸に固定してやった。

趙雲は身を屈め、首の後ろで布を結ぶ糜夫人を見て大きな目を細めた。

「奥方様も、御無事で良かった」

「！」

趙雲の安堵の笑みに、糜夫人は胸が詰まった。

劉備の周りには、こんなにも、心温かい人間がいる。

曹操との敗戦の末に身を寄せた荊州に、多くの才人が平和を好んで移り住んでいたのも、天の配剤《はいざい》としか思えない。

お陰で彼は、臥龍《がりゅう》の名を持つ諸葛亮孔明《しょかつりょうこうめい》と巡り合えたのだ。

今はまだ正式な軍師ではないが、いずれ眠れる龍が目覚めれば、劉備を何処までも高みに導いて国中に慈愛の雨を降らせるだろう。

「く、まだいたか」

接近する蹄の音。趙雲が身構えて、糜夫人を後ろへ押し遣る。糜夫人が壁際へ避ける間もなく、新たな驃騎兵が一部隊、柵《さく》を踏み壊して趙雲を強襲した。

趙雲は半身を引いて一振り目を避け、敵兵の腰から剣を引き抜いて鎧の隙間から胸を突き刺した。と、次の敵兵が馬上から趙雲の胸めがけて槍を突いて来る。彼は既《すん》での所で躱《かわ》したが、あと少し上半身を反らすのが足りなかったら、危うく阿斗に刺さっていた。

阿斗を掠《かす》めた攻撃に、趙雲の目の色が変わった。

双眸に滾《たぎ》る殺気を漲《みなぎ》らせ、放たれた槍が戻る前に素手で柄を摑むと、力尽くで引き寄せて敵兵を引きずり下ろす。槍は割れた岩盤の隙間に刺さり、動けなくなった敵兵は、趙雲の薙《な》ぎ払った剣一筋で腕を飛ばされ、喉を掻っ斬られた。

敵兵が気圧《けお》されて後退《あとずさ》りをする。趙雲の凄《すさ》まじい覇気に当てられて、馬の足並みも乱れるようだ。

「奥方様、馬にお乗り下さい！」

「はい」

糜夫人は乗り手を失った馬の一頭に身体を引き上げようと、手綱に手を伸ばした。革の紐を摑む寸前、馬は腿を敵兵に叩かれて、糜夫人を乗せずに廃虚の彼方《かなた》へ走り去る。

敵兵が剣を抜く。

糜夫人は逃げようとしたが、足の傷が痛んで数歩も行かない内に倒れ込んでしまった。

「奥方様――」

趙雲がこちらへ動いた隙を狙って、靄の中から新手が飛び出して趙雲の肩や背中を突き刺した。趙雲は蹌踉《よろ》けた足を大地に立てて踏み止まり、敵の剣を手許から弾いて喉笛を斬る。深紅の血が噴き出して、敵兵は仰向《あおむ》けに倒れた。

例えば、この場を切り抜けられたとしよう。しかし、劉備に追い付くまでに、この数千倍の敵兵が待ち受けている。

勇猛果敢な趙雲と雖《いえど》も、しがみつく事すら出来ない赤子を抱え、手負いの女を連れて戦場を横切るのは至難の業《わざ》だ。誠実な彼の事だから、我が身を犠牲にしてでも二人を守ろうとするに違いない。

趙雲の無骨な腕に抱かれて、阿斗は一向に泣き止まない。恰《あたか》も圧《の》しかかる大気に怯えて恐怖を訴えているかのようだ。

腕に抱いて慰めてやる事はもう出来ない。

（ごめんなさい。どうか……健やかに）

糜夫人は井戸の縁に手を掛け、最後に阿斗と趙雲に向かって微笑んだ。

「奥方様！」

趙雲が必死で腕を伸ばす。

彼の手は糜夫人の衣を摑んだが、彼女の重みで布は裂け、糜夫人は地の底へ落下した。

（甘夫人は無事に逃げおおせたかしら）

二人が同時にいなくなったら、劉備は寂しがって臥《ふ》せってしまうかもしれない。

真上に見える、丸く切り取られた空がやけに青い。

（それでも、あの人はきっと泣くわね）

情に厚く涙脆《なみだもろ》い、そういう所が好きだった。

『どうした、膨《ふく》れ面《つら》をして』

『貴方まで！』

『な、何だ？』

開口一番怒り出した糜夫人に、劉備は困惑して右往左往した。糜夫人も、八つ当たりの自覚があったので、大人しく事情を話しておこうと思った。

『兄に「お前の顔はつくづく真ん丸だ」と笑われました』

『糜竺が？』

劉備は頭の天辺《てっぺん》から出たような声で驚いた後、腕捲《うでまく》りをして戸口へ向かった。

『よし、私がひとつ殴って来てやろう』

『何もそこまで……』

『だって酷いじゃないか』

劉備は大きな耳を真っ赤にして、目許まで潤んでいるようだ。

『糜竺とて、君が下膨れを気にしている事は知っているだろうに』

『……貴方』

誰も下膨れとは言っていない。

『あ、いや、済まない。今のは誇張表現という奴であって』

『であって？』

糜夫人が挑発的に尋ねると、劉備は今度は顔を真っ赤にして横目に彼女を見た。

『その、私はそのままの君が――』

幸せな一生だった。
糜夫人は静かに瞼《まぶた》を下ろした。

三、長阪坡の戦い

「一刻の猶予もありません。兄者は軍を率いて、江水《こうすい》をお渡り下さい。我々が敵を抑えましょう」

張飛が厳《いか》つい眉を怒ったように釣り上げて、愛用の丈八蛇矛《じょうはちじゃぼう》を対岸へ掲げた。彼の視界を塞ぐ巨体と、平素から割れ鐘を叩くような大声に、味方でさえ心臓を口から取り落としそうになった。

当初の計画では、江陵《こうりょう》から船に乗り、江水を下る予定だった。

しかし避難民の数は十万余にも膨れ上がり、準備した数百艘《そう》の船では、到底全員は乗り切れない。劉備は民と共に陸路を行く決断を下した。

それが彼自身を、生命を縮めかねない事態に追い込んでいる事は誰の目にも明らかだ。

「これでは民に引きずられるばかりです。いっそのこと見放せば……」

「家を捨てて私に付いて来た民を、どうして見放す事が出来よう」

進言をした糜竺に、劉備は温和な面だちを苦々しく歪めて即答した。

糜竺も引き下がらない。

「大事を成し遂げる為には、小事にこだわってはなりませぬ」

「大事を成し遂げようと望む者は、民の利益を無視してはならぬ。民を守れないなら、一体、何の為の戦だ」

「……っ」

糜竺は冷水を浴びたように身を強ばらせた。

彼自身、本隊から逸れ、曹軍の捕虜になっていた所を、劉備の家族を探す趙雲に助けられてここにいる。妹の糜夫人が戦場の何処かで泣いていると思ったら、趙雲に探し手を諦めろとは言えなかったのだろう、どうか頼むと頭を下げて別れたばかりだった。

劉備には民も家族なのだ。

空に谺《こだま》して何処からともなく響く蹄の音に、民は怯えて我先にと歩を速める。劉備は列に付いて、転びそうになる老人に手を差し伸べ、荷物を落とした母親から赤子を預かって抱き上げた。

「糜竺将軍、一人でも多く助けねば」

諸葛亮の言葉に、糜竺だけでなくその場にいた全員が腹を括《くく》った。

長阪橋。劉軍がこれを渡れば、曹軍は一時撤退するしかない。付近に大軍が江水を渡れるほどの橋はない為だ。

「大丈夫、策が全くない訳ではありません」

諸葛亮は傍に立つ木の枝を折り、地面に垂直に刺した。

土手の眼下には、曹洪《そうこう》の一軍が目視出来る。

曹操の従弟《いとこ》、曹洪子廉《しれん》だ。曹操旗揚げからの従臣で、実際に幾度となく曹操を助けた戦歴を持つ。武術に長け、何より戦い慣れている所が怖い男だ。

彼が取ったのは錐行之陣《すいこうのじん》。

三角状に兵を配置して、先鋒《せんぽう》隊が敵の隊列を分断し、後続の部隊が戦果を拡張する布陣である。劉軍の戦力を分散させ、徹底的に殲滅《せんめつ》する作戦らしい。

曹洪が剣を前方へ振り下ろすと、待ちかねたと言わんばかりに、曹軍四千名の騎馬兵が土手に猛攻を仕かけた。

「地面に伏せろ!」

張飛の指示で、劉軍は身を屈《かが》めて盾に身を隠す。張飛は数をかぞえるように敵の騎馬の蹄を見詰めて、

「翻《かえ》せ!」

太い左腕を高々と挙げた。

劉軍の兵が盾を裏返す。表面は鈍い錫《すず》色をしていた盾は、裏面が鏡の様に磨かれて、太陽より眩《まぶ》しく光を反射した。

突進して来た曹洪の騎馬兵の目が眩《くら》み、馬は怯《ひる》んで暴れた弾みに兵を背から振り落とす。足許の覚束なくなった曹兵に、劉軍は槍穂を突き立てて串刺しにした。

「くそっ」

前衛が崩れて、曹洪側の隊列が乱れる。落馬した兵士は武器を取る事もままならない。

張飛と配下の兵は機を逃さず、馬の横腹から槍を抜いて、落馬した敵兵に斬りかかった。曹軍の先鋒隊は総崩れと言っても良いだろう。だが、多勢に無勢。表層一枚を切り崩しても曹軍の足は止まらない。

猛将、曹洪はいとも容易《たやす》く陣形を整えると、勢いを増して雄叫《おたけ》びを上げた。

「皆殺しだ！」

四千の兵が土手に流れ込む。兇刃《きょうじん》を受け止める張飛の立つ場所から、民が渡る橋は目と鼻の先だ。劣勢は徐々に前線を川の方へと押し込んで、流石《さすが》の張飛の額にも厭な汗が滲み始めた。

「諦めるな。民が一人残らず川を渡るまで戦い抜くのだ」

「そうは言っても軍師殿、長くは保《も》ちません。例の策とやらはまだですか」

張飛が声を張り上げる。

諸葛亮は手の平を翳して太陽を仰ぎ、彼自身待ちかねている時を見定めた。太陽がじりじりと動いて、彼の手の中に完全に収まる。

地面に差した木の枝の影が消えた。

「正午だ」

諸葛亮の表情に光が差した。

その時、曹軍の後方に、砂塵が竜巻きの様に舞い上がった。

曹軍に動揺が走り、それを追って血飛沫《ちしぶき》が散る。

陣を構成する兵の数が減って視界が開けて来ると、倒れる人馬を跨《また》ぐ隆々とした前腿の筋肉と、土を深く抉《えぐ》る黒い蹄が見える。突如として現れた彼らは、立ち姿だけで両軍を立ち竦ませた。

駿足の名馬、赤兎馬。背に見える乗り手は、張飛に負けぬ巨体で驚くほど素早く動き、一太刀ごとに悠然と長い顎鬚《あごひげ》を靡《なび》かせた。関羽である。

「兄者、よく来てくれた！」

張飛が大喜びで蛇矛を振り回し、曹軍の騎馬兵に突き立て、川に投げ込む。義弟の動きに呼応するように、関羽は青龍偃月刀《せいりゅうえんげつとう》で立ちはだかる敵兵を豪快に薙ぎ倒した。加えて後方には、夏口の劉琦からの援軍を引き連れている。

活気づいた劉軍兵士は傷の痛みも忘れたみたいに、活きいきと動きを良くする。哀れ、曹軍方は混乱の内に打ち倒された。

これが諸葛亮の策だった。

曹洪が布いた錐行之陣は突破用の陣形だ。先端には精鋭が集うが、後続は敵陣を掻き回した後に一掃する頭数でしかない。後方からの奇襲に弱く、挟み撃ちに遭えば、逃げ惑うのは錐行之陣の方だ。

関羽は屍《しかばね》の山を築いて敵陣を縦断し、指揮を取る諸葛亮の許に辿《たど》り着いた。

「軍師殿、いつもながら天晴《あっぱ》れな戦略にございます」

「良い時においで下さった、関羽将軍。お陰で成功しました」

諸葛亮は虫も殺さないような顔でにっこりと微笑んだ。関羽と張飛は土手にいる誰よりも強いが、敵に回すと怖いのはこの人だ。

「兄者は？」

「川を渡る民に手を貸しておられます」

「成程《なるほど》」

関羽は、諸葛亮が皆まで言わずとも解っている顔で橋を見遣り、嬉しそうに溜息《ためいき》を吐いた。

「関羽将軍。ここは貴方にお任せして、君主様を手伝いに行ってもよろしいでしょうか」

「問題ない」

関羽が赤兎を旋回させて戦場に戻って行く。

諸葛亮は張飛と一隊を連れて、橋畔《きょうはん》へ向かった。幸い、まだ敵の手は及んでおらず、劉備が軋《きし》む橋に怖がる子供を励ましている。

子供は劉備に説得されて、漸く怖々と橋を渡り始めた。が、途中で手摺《てすり》が途切れ、足が竦んで動けなくなる。子供は、慌てて渡る人々の波に押されて、あっという間に落下した。

「いかん」

劉備が川に飛び込む。諸葛亮も後を追う。

二人はどうにか子供の衣服を摑み、岸まで引き上げた。

「おい、そこのお前。荷車にこいつを乗せてやってくれ」

「は、はい」

張飛に言われて、家財道具を引いた女が荷台の隙間に濡れた子供を押し込んだ。

劉備の表情が安堵に弛《ゆる》んだ。

諸葛亮は一礼して、劉備に戦況を報告した。

「関羽が格好の時機に到着、曹洪の進軍を止めました」

「久々の朗報だな」

「しかし、急がねばなりません。曹軍の本隊がこちらへ向かっています。民を渡らせて、曹軍が到着する前に橋を壊しましょう」

彼らは誰からともなく長阪坡を一望した。

地面が微かに揺れている。勘の良い民の何人かが不安気に足を止める。

「来た」

劉備は厳しい顔付きで呟いた。

立ち上る尋常でない土煙が空を圧迫し、夥《おびただ》しい数の兵が大地を覆って、津波の様に押し寄せる。

曹洪軍を越える大軍、丘陵を移動する赤い傘。

曹操軍本隊だ。

「急げ！」

諸葛亮の声に、立ち止まっていた民達がハッとする。

そこに、トン、と矢が突き刺さった。隣を歩く夫が膝を突き、悲鳴を上げようとした妻の背に同じ曹軍の矢が刺さる。二人が重なり合うように倒れたのを皮切りに、矢の雨が橋の袂《たもと》に降り注いだ。

「盾兵、前へ。身を低くして盾を掲げ、壁を作れ」

諸葛亮が指示すると、彭排《ほうはい》を持った兵士が隙間を開けずに横一列に並ぶ。彼らは腕を盾に添えて両足で地を踏みしめ、矢が当たる度に受ける弱くない振動を決死の面持ちで押し返した。

しかし、多くの盾は木を重ね、皮を張った程度で、強度に限りがある。強度に限界が来ているのは橋も同じだ。

軋みは川に木片を落とすまでに大きくなり、手摺が端から崩壊して行く。

「趙雲はまだ戻らぬのか」

劉備が焦った様子で辺りを見回す。

「心配は無用です。彼は君主様を失望させはしません」

答えたが、気がかりは諸葛亮も同様だろう。趙雲が逸れた味方の援護に向かってから随分経つ。

「最後の一団だ」

民の列の終わりが橋を渡り始める。劉軍は彼らを守りながら、全速で全軍を撤退させなければならない。趙雲を待って橋を壊すのを躊躇えば、敵を対岸へ招き入れる事になる。

諸葛亮は苦渋の決断を迫られた。

退却。

間違いなく指示を下さなければならない。

民を救う為に。

劉備を死なせない為に。

「た――」

諸葛亮は口を開き、最初の一音で息を飲んだ。敵陣を駆ける、一頭の白馬が目に留まったからだ。

「あれは……」

「趙雲です！」

今ならまだ間に合う。

「助けに行け！」

「おう！」

諸葛亮が言うが早いか、張飛が馬に飛び乗って土手を駆け下りた。


趙雲の猛攻を、劉軍とは別に、丘の上から眺める者があった。

赤い傘の下、追撃の指揮を取る曹操である。

「あれは何者だ」

「常山《じょうざん》の趙雲にございます」

聞いて、曹操は顎を撫で、感嘆の溜息を漏らした。

趙雲は馬を走らせながら弓に矢を番《つが》える。彼は大軍の中から装備を見極めて部隊長を見抜き、的確にその身体を撃ち抜いた。指揮官を失えば、兵士の士気は下がり、戦力は著しく低下する。

曹軍の歩兵は怯んで歩を下げた。こういう時に、敵の覇気に左右され難いのは弓兵である。何しろ、絶対的に間合いが遠い。

弓兵は趙雲を取り囲み、一斉に矢を射かけた。矢は趙雲の白馬に命中し、馬は苦しそうに嘶《な》いて前足で宙を掻く。

趙雲が体勢を崩した所に掠めた槍が、阿斗を弾《はじ》いて宙に放り出す。趙雲はそれを追って鞍《くら》から跳び、地面に着く寸前で阿斗を受け止め、身体で包み込むように受け身を取った。

そこに、曹軍の歩兵がこぞって槍を突き立てる。

趙雲は咄嗟に左方へ転がって避け、地面を蹴って飛び起き、追って来た驃騎兵の槍を摑んで兵士を馬から引きずり下ろした。

迫り来る敵の攻撃を避け、槍で突き返して退ける。時折、阿斗を気にして懐を覗いたが、この混戦では生死すら確認出来ない。趙雲は突きかかる敵の槍を振り向き様に打ち返し、柄の先で背後の敵の腹を打ち据えてから、返す手で正面の敵を斬り伏せた。

曹軍から馬を奪う事も出来た。が、しなかった。趙雲の耳は、戦場の騒音の中で、愛馬の嘶《いなな》きを聞き分けていた。

「来い、白龍《パイロン》っ」

白馬が土煙を飛び越えて趙雲の許に駆け付ける。趙雲は片手で手綱を握り、白馬に飛び乗って槍を振るった。

その戦いぶりは鬼神の如く、大軍に囲まれて稲妻の様に活路を切り開く。

「我が軍にあのような勇敢な将軍がいれば、どんなにか頼もしい事だろう。あの者を生きて捕らえよ」

曹操の命令は瞬く間に戦場の隅々まで伝わった。

全軍が一時、橋を目指すのを止めて趙雲の捕縛に掛かった。斬っても斬っても減らない敵に、趙雲の槍は血脂で切れ味が鈍り、刃《は》毀《こぼ》れで鼠《ねずみ》が齧《かじ》った果物の様にガタガタだ。疾《と》うに殴るだけの棒でしかない。矢は最後の一本まで撃ち尽くし、槍の柄が折れるのも時間の問題である。

突破口を開かねば。趙雲は全方位に視線を走らせた。と、不自然な衝撃が馬体を揺るがし、趙雲の視界が縦に滑って流れた。

「かかったぞ！」

落とし穴だ。

趙雲は手綱を引き締め、鐙《あぶみ》で腹を蹴って穴を駆け上がろうとするが、穴は垂直に切り立つ崖の様に何度も趙雲を穴底に叩き落とす。

穴の縁に曹軍の歩兵が群がり、縄だ網だと騒ぎ立てる。

趙雲は左手で阿斗を押さえ、右手で腰の短剣を引き抜いた。

宝剣青釭《ほうけんせいこう》。

糜夫人を探している折りに曹軍将軍、夏侯恩《かこうおん》と対峙して打ち倒し、手に入れた、曹操の持つ倚天《いてん》と対《つい》となる名剣だ。

趙雲は切先を白馬の尻に突き立てた。白馬は悲痛な声で嘶いて、飛龍の様に一足で穴から飛び出した。

信じ難い光景に面喰らった曹軍の騎兵と歩兵が、団子になって穴に落ちる。趙雲が手薄になった包囲を破ると、穴に集まっていた曹軍は熟れた柘榴《ざくろ》の様に弾けて散った。

曹軍本隊を突破して、橋の手前に展開する曹洪の陣に飛び込んだ時、趙雲はまさに満身創痍《まんしんそうい》だった。

「趙雲」

関羽は必死に馬を駆る趙雲を見付けて、間に立つ曹兵を薙ぎ払った。

趙雲は初め、関羽の存在を認識出来ないようだった。単騎で敵陣を横切り、戦闘に集中する余り、それ以外の事が残らず頭から飛んでいたらしい。味方と、目指す長阪橋が近くにあると知って、取り憑かれたような眼をしていた趙雲の双眼に、彼らしい実直な温かみが戻って来るのが分かった。

「関羽殿……」

「橋はすぐそこだ。阿斗様は？」

「ここに」

趙雲が示した腕の中には、糜夫人の着物の袖が阿斗を守り、返り血を浴びて赤黒く染まっている。関羽は一目見て、状況を察した。

「後は引き受けた」

趙雲と馬をすれ違わせて、関羽が敵兵に斬りかかる。

趙雲は曹軍が絶え間なく放つ矢に当たらぬよう、馬を蛇行させて最後の土手を駆け上がった。

前方に長阪橋が見えた。

橋は劉軍が壊すまでもなく、大量の人間が一度に渡った所為で橋桁《はしげた》にヒビが入っていた。橋脚は自重すら支えられず目に見えて大きく揺れ、崩壊を始めた木片が急流に飲み込まれて行く。

趙雲は白馬の腿を叩いた。しかし馬は疲れて、思うように速度を上げられない。

関羽の防衛線とは別の方角から曹軍の騎馬兵が趙雲を追って、確実に距離を縮める。先程まで山なりだった矢が直線的に飛んで趙雲を襲う。

趙雲は身を屈めて阿斗に覆い被さった。左腕に矢が刺さったが、抜いている余裕はない。

橋までもう少し。橋さえ渡れば、劉備の許に阿斗を送り届けられる。

逸《はや》る気持ちが、普段は慎重な趙雲から注意力を奪った。

「あ……っ」

白馬が、落ちた橋板の窪《くぼ》みに足を取られて体勢を傾ける。趙雲は反射的に右腕で阿斗を抱いたが、矢を受けた左手で手綱を掴むと激痛が走って、趙雲は阿斗諸共《もろとも》、馬上から川へ投げ出された。

趙雲は素早く腕を入れ替えて、右手で橋にしがみつこうとした。が、指一本分届かない。

絶望で凍り付いた趙雲の脳裏に、井戸に落ちて行った糜夫人の姿が過《よぎ》る。空に、届かなかった彼自身の手の幻が見えて、自分がこれから井戸の底に落ちて行くような錯覚を起こした。

「！」

幻ではない。

岩の様な手が、趙雲の右手首を確《しっか》り掴んでいる。双方の腕が伸び切る衝撃と共に彼の身体が宙で止まり、趙雲は両足が地に付かない感覚に、今更、冷汗を吹き出した。

「何やってんだ、子龍」

「張飛殿」

張飛は口の端で笑ってみせたが、すぐに顔色を曇らせる。地を鳴らす音と共に橋の揺れが益々《ますます》酷くなって、曹軍が接近するのが分かる。騎射された矢が雨霰《あめあられ》と降り、二本が張飛の腕と脇腹に刺さった。

趙雲は口を開きかけて、止めた。声を出せばそれだけ、張飛の負担になると考えたのだろう。

張飛の手の甲に血管が浮き上がる。彼は咆哮《ほうこう》を上げて力を振り絞った。

趙雲の身体が橋の上に引き戻された。

「かたじけない」

「行け、子龍。兄者が待ってる。敵は俺に任せろ」

趙雲は頷いて、手綱を引いて橋の裂け目を過ぎてから白馬に飛び乗った。失敗を繰り返す彼ではない。趙雲を乗せた馬は軽やかに段差や穴を越えて対岸へと走る。

張飛は彼の後ろ姿を見送り、前に向き直って土手の敵と対峙した。

「……それにしてもちょっと多いな」

それもその筈。劉軍は民を守りながら、殆《ほとん》ど撤退を完了している。この場に限って言えば、張飛は孤立無援だ。対する曹軍は、川を背にする張飛を半月形に取り囲み、尚《なお》も増援がこちらに向かって集まりつつある。

張飛は少し考えて、にやりと一笑、橋の上に立った。

「我こそは、燕人《えんひと》張飛なり！　我に勝負を挑む者はおらんか！」

槍を頭上で振り回し、堂々と槍を構えて声を張る。

張飛の力強く雄々しい名宣《なの》りに、騎馬が本能で怯えて首を振り、前進を嫌がる。兵の一人が落馬して骨を折った。

曹軍とて張飛の名を知らぬ訳ではない。戦闘は張飛の本領、況《ま》して一対一で高々《たかだか》騎督級《きとくきゅう》では相手にならないだろう。多勢で取り囲もうにも、張飛は脆い橋の上だ。

混乱に陥った騎馬兵達は、落ち着かない馬を無理やり反転させて、我先にと自軍へ逃げ出した。

張飛が満足気に鼻を鳴らして振り返ると、趙雲が阿斗を抱えて橋を渡り切るのが見えた。

四、薄明

勝敗はない。

長阪坡の一戦で劉軍は民と兵を失ったが、曹軍にも何も得るものはなかった。

退却する自軍を丘の上から眺めて、曹操は今日の戦を思い返していた。

「趙雲、張飛。そして、関羽」

彼らもまた、望みに反して曹操の手には陥《お》ちなかった。にも拘らず、曹操の表情は晴ればれとして、笑みさえ浮かべている。

「劉備、お前は運の良い男だ。敗北を重ねても尚、勇敢な将軍が付き従っているとはな……」

最後には自分が勝つという絶対不変の自信か、戦乱の渦中を生きる男の血がそうさせるのか。曹操は壊れた橋を見遣ると、外套《がいとう》をはためかせて劉軍に背を向けた。

瞬間、彼は顔を苦痛に歪めて、忌々《いまいま》し気に眉間《みけん》に手を当てた。

「曹操様！」

「またあの頭痛でございますか？」

将軍達がざわめき、曹洪が曹操の傍へ駆け寄る。

曹操は曹洪を手で追い払ったが、顳顬《こめかみ》の血管は腫れ、痙攣《けいれん》が左目に及んでいる。

「全部隊を呼び戻せ。敵を休ませてやろう。どの道、長くはあるまい」

曹操は劉軍と将達を一瞥すると、馬に跨がり、長阪坡の丘陵を後にした。


一方、劉備は凄惨《せいさん》な光景に対面し、無力感に打ち拉《ひし》がれていた。

「皆、私を信じて付いて来た。それなのに、私は彼らを守る事が出来ない……」

多くの兵士が橋を渡る事叶わず、対岸に屍を晒している。年老いた者、傷を負った者が川に落ち、流され沈んで行った。血で濁った江水がまるでこの世と地獄の境の様に、大地を生と死に分けた。

遠くから白馬が駆けて来る。

彼は鞍を降りると、劉備の前に跪いて頭を垂れた。

「君主様」

「おお。趙雲よ、大丈夫か？」

「はい、若君はここに」

趙雲は血で硬くなった結び目を解《ほど》く事を諦め、懐から阿斗を抱き上げた。目の下には砂で黒く汚れた涙の跡があったが、今は安らかな寝息を立てて眠っている。趙雲は幼い寝顔を見て微笑み、劉備に大切に手渡した。

「奥方様は――」

言い差して、趙雲は声を詰まらせた。彼の両目に涙が込み上げる。

「奥方様は、我々の身を案じて井戸に自ら身を……」

趙雲はそれ以上、言葉を続けられなかった。固く拳を握り締め、悲しみと、悔恨が彼の体内で暴れ回っている。

劉備は空を見て瞳を潤ませる感情《もの》ものを飲み込み、右腕に阿斗を、そして左腕に泥と血に塗《まみ》れた趙雲の肩を抱いた。

「よく帰って来た」

心から、二人の息子を慈しむかのように。

趙雲の頬に再び涙が溢れ出した。


戦が収まった後には、独特の空気が陣内に漂う。

気怠《けだる》い反面、神経には緊張感が残り、歓喜に燥《はしや》ぐ事なく、悲しみに身を委ねて我を忘れる事もない。ただ、ひたすらに茫洋《ぼうよう》と時間が流れている。

趙雲は傷の手当てを済ませて小屋を出たその足で、粗末な馬小屋に入る。飼葉《かいば》を食べる白馬の身体には血が絡み付いて、傷口はまだ乾いていない。趙雲が傷口に薬を塗ってやると、白馬は頭を趙雲に擦《す》り寄せて、手当てを喜ぶようだ。

趙雲は胸が迫ったのを抑えるように唇を曲げ、眉尻を下げて、白馬の首をきつく抱き締めた。

馬小屋の裏手の大樹の下に視線を転じると、張飛が見える。張飛に目立った怪我《けが》はなく、けれど流石に疲れたらしい。片方の瞼《まぶた》を少し眠そうに弛めて、難民に食料を分配して廻っている。

関羽は装備を確認する兵達に指示を出す傍らで、衣の袖を引き裂き、糜竺の怪我の手当てに当たった。糜竺は妹を失い、ぼんやりと言葉を失って項垂《うなだ》れた。

勝者はいない。

敗北でもない。

鈍重だが希薄な大気の中で、劉備は阿斗を抱いて放心していた。諸葛亮が椀《わん》に粥《かゆ》を盛って差し出しても、見向きもしない。行路は長く、道連れは多く、兵糧《ひょうろう》は尽きかけている。劉備とて、野営での粥一杯の貴重さを知らぬ戦の素人《しろうと》ではない。

劉備の情け深さは諸刃《もろは》の剣だ。彼の最大の武器であると同時に、何よりも深く彼自身を傷付ける。

諸葛亮は粥を侍女に預けて、劉備の丸い背に語りかけた。

「君主様は高潔さを天下にお示しになりました。いつの日か必ず、民に、国に、拍手喝采《かっさい》で迎えられる事でしょう」

「運よく生き延びる事が出来ただけだ」

劉備は溜息を吐いた。

敵に追われ、家を失い、家族を失い、行き場もなく立ち往生している。今の劉備の状況は確かに、平穏には程遠いと言えるだろう。

「夜の後には朝が、闇の先には光があるものです」

劉備が諸葛亮の言葉に顔を上げて、漸く彼と真直ぐに目を合わせた。

諸葛亮は告げた。

「どうか、私を東呉《とうご》へ遣わして下さい」

東呉。小覇王《しょうはおう》、孫策《そんさく》が刺客の兇刃に倒れ、弟、孫権が跡を継いだ江東《こうとう》の地だ。

そこへ諸葛亮を送るという事は即ち、呉と和睦《わぼく》を結ぶという事である。

劉備は俄に鋭い眼差しに戻り、一拍の間思案して、諦めがちに頭を振った。

「孫権は若く、誇り高い。十九歳で君主になってから戦の経験はない男だ。説得は難しいだろう」

「必ず説得してみせます」

ところが諸葛亮は一歩も引かない。その奇妙な雰囲気に、張飛が太い眉を歪めて話に割り込んだ。

「風向き次第でどちらにもなびく奴らです」

「疑っていては話も出来ぬ」

「軍師殿は何故《なにゆえ》そのような自信をお持ちなのか」

「東呉も私達を必要とするからです」

迷いのない確かな語勢に、皆が飲まれて聞き入った。

「東呉と同盟を結び、曹操を破れば、曹操は北への退却を余儀なくされます。君主様は機に乗じて、荊州と益州《えきしゅう》を手に入れる事が出来るでしょう」

諸葛亮の論は人を惹き付ける。関羽が、続いて趙雲が輪に加わって、彼の話に耳を傾けた。

諸葛亮が劉備に問いかけた。

「初めて会った時に、お話しした策を覚えていますか?」

「天下三分の計」

即答した劉備は、既に、彼の意図を理解していたのだろう。諸葛亮は嬉しそうに微笑みを浮かべて頷き返す。

「荊州と益州を拠点に、国を築くのです。曹操は北方、孫権は南方にいます。三国が等しく並び立てば、曹操の、帝に取って代わろうという不埒《ふらち》な野望を抑える事が出来るでしょう」

諸葛亮は激情家ではない。誰よりも冷静で、常に数歩下がって物事を見ている彼が、いつになく熱っぽく語る姿に、居合わせた全員が心を揺り動かされた。この若く痩せた身体の何処に、これほどの情熱を隠していたのだろう。

「孔明……」

「君主様、御心配には及びません。それよりもお願いがございます」

諸葛亮は熱を懐に収めると、侍女に預けた椀を受け取り、飄々《ひょうひょう》とした面持ちで劉備に粥を差し出した。

「食事をお摂《と》り下さい」

劉備は彼の呼吸に釣られたように、阿斗を侍女に抱かせて椀を受け取る。劉備はじっと椀を見詰め、匙《さじ》に粥を掬《すく》ったが、そのまま戻して椀を諸葛亮の骨張った手に握らせた。

「お前が食べなさい。東呉までは遠いのだから」

劉備は、粥一杯の貴重さを知っている。

諸葛亮は椀を両手で包み込み、静かな双眸に炎の様な決意を灯した。

第二節

五、運命の使者

孫尚香《そんしょうこう》は、少女らしいぱっちりした目を更に大きくして、秘かにその男の動向を観察していた。

髪は丫《あ》に結《ゆ》い、化粧っ気のない唇の端には木《き》屑《くず》が付いている。服も多くの女性が好む上下一続きの深衣は着ず、まるで少年兵の様な衣と裳だ。披帛《ストール》や長裙《ちょうくん》など木にも登れない格好では、彼女の好奇心は充たされない。

彼の訪問で呉《ご》の大臣は動揺激しく、か弱い女子の様に端からパタパタ倒れるのではないかと思ったほどだった。

劉備玄徳《りゅうびげんとく》と手を組む。

その策が、彼が説くほど強大な力を発揮するとは正直な所、尚香には皆目《かいもく》、想像が付かなかった。

劉備という男、漢《かん》王室の血脈に連なると言うが、兵を挙げるまでは筵《むしろ》を売って生計を立て、茶の葉も満足に買えぬ貧しい暮らしをしていたという。

兄、孫権《そんけん》の言葉を借りるならば、富も権力も実績もなく、陶謙《とうけん》、劉表《りゅうひょう》といった風に行く先々で権力者の庇護《ひご》を受け、彼自身は何ひとつ大事を成し遂げていない。

劉表に可愛がられていた事実も、孫家の娘として、尚香には面白くなかった。

おまけに新野《しんや》から引き連れて来た手勢は僅かで、同盟を結ぶ価値があるとは到底考え難い。

大臣の大多数も尚香と同意見のようだった。だから余計に、

（会談は見物だったわ）

尚香は指先で短剣を回転させて、鞘を逆手に握り、切先《きっさき》を日向《ひなた》へ向けた。


「そちが、かの有名な眠れる龍か」

その男と見《まみ》えた時、孫権は意外にも興味と、敬意を感じているようだった。

但《ただ》し、意外というのは飽くまで外からの印象だ。孫権は見た目こそ暗紫の髪に碧《へき》眼《がん》、顔立ちは雄健でいて優美と漢人離れした派手な容貌をしているが、元来、他人の話をよく聞くし、人懐っこく、洒落《しゃれ》っ気も持ち合わせている。

彼の様な噂のある人物を前にして、孫権が関心を持たない道理がなかった。

彼が柴桑《さいそう》の宮殿に通された事を、気に食わなく思っていたのは文官達の方だ。古参の程普徳謀《ていふとくぼう》、張昭子布《ちょうしょうしふ》、黄蓋公覆《こうがいこうふく》を筆頭に、孫権がその男に敬意を払っている事に歯痒《はがゆ》さを隠し切れないでいる。

三人とも先代より孫家に仕える忠臣には違いないが、尚香から見ると、

程普は年功序列の考え方が強く高慢な所があり、張昭は兄の教育係でとにかく固い、怖い、厳しい。黄蓋は老将の中では比較的柔軟ではあったが、孫家への忠誠心から否と思ったら仮令、孫権相手でも頑として譲らない。

この古参三名を攻略するのは、猛虎を手懐けるのに匹敵する。それが解っているからだろう。その男を連れて来た魯粛子敬《ろしゆくしけい》は、肩身狭そうに視線を泳がせている。

昼下がりの議事場、背には屛風《びようぶ》、左右は黒衣の文官と赤衣の武官に挟まれ、皆が着く卓上の皿と比べると十倍もある菓子の山を前にして、当人は完全に敵地の雰囲気も何処吹く風で、飄然と拱手をして挨拶をした。

「諸葛亮《しよかつりよう》と申します」

齢《よわい》二十八歳。今年、呉に仕えるようになった新顔、甘寧興覇《かんねいこうは》よりまだ若い。それに、大男を見慣れた尚香には痩身《そうしん》の彼が頼りなく見える。清廉な白い衣に身を包み顎鬚がなければ鼓吹の若衆と見間違う所だ。

「劉備殿が三顧の礼を尽くして軍師に迎えたと聞く。流石の龍も、三度《みたび》起こされれば目を覚ますか」

孫権得意の冗談に、諸葛亮は謙虚に頭を下げた。

「劉備様は人を大事にする御方です。機会を与えられた事に、私は心から感謝しております」

「新野で大敗を喫し、苦しんでおられると聞いたが、真か？」

「誰しも、大事を成す為に多少の妥協をした経験があるでしょう。小さな失敗を騒ぎ立てる必要はありません。仁愛厚き劉備様は、民を見捨てる事が出来ず、彼らを守るべく進軍の速度を落としたのです」

それが真実ならば、何というお人好しだ。

諸葛亮の返答に、文官達は苦し紛れの言い逃れだとでも言いた気に、にやにやと薄ら笑いを浮かべる。すぐさま、孫権は顰《しか》め面をして、彼らの不作法を窘《たしな》めた。孫権は人を揶揄《からか》うのは好きだが、貶《おとし》めて楽しむ下劣さは欠片《かけら》もない。尚香も全く同感である。

孫権は椅子に頬杖を突いて、微かに溜息を吐いた。

「曹操《そうそう》の軍勢は如何程であった？」

「凡《およ》そ百万。荊州《けいしゅう》を制圧した今、次に狙うは呉の国でしょう」

「！」

諸葛亮の唐突な宣告に、宮殿内は不安と恐怖に支配された。

彼の独断先行らしい。唯一の味方である筈の魯粛が必死に首を振り、諸葛亮を止めようとするが、彼は意に介する気配もない。

「呉の国は優秀な人材に恵まれています。曹操に立ち向かう決意をお持ちなら、速やかに戦の準備を整えるのが賢明と思われます」

「む……」

「孫権様！　戦に巻き込まれてはなりません。先王が御存命の頃、仰っていたではありませんか。民にとって平和に勝るものはない、と。この美しい呉の国を見ればお分かりの筈です」

張昭が真っ先に反論した。文官は皆、揃って張昭に同意する。

彼の言う通り、揚州《ようしゅう》は長閑《のどか》で美しい地だ。太陽を反射して輝く川面《かわも》、塗泥《とでい》の土を懸命に耕した棚田《たなだ》が整然と広がり、城壁を囲む運河には高い建築技術が窺える。街に笑い声が絶えないのは、先代、先々代、それよりずっと前から、江南《こうなん》の地域が、徒《いたずら》に領地を広げるより国造りに力を入れて来た証拠だ。

誰もが諸葛亮を抗議の眼差しで睨み、呉の国から排斥《はいせき》しようとした。

ところが、

「まさに、仰る通りです」

肝心の諸葛亮が、彼らの反戦主義に声高らかに賛同した。文官達は目を丸くして互いに顔を見合わせた。

「平和が一番。降伏は一日でも早い方が良い。日々の憂鬱《ゆううつ》の種はなくなり、被害も最小限に抑えられます」

「？」

諸葛亮の意図が解らない。同盟を組む為に呉を訪れたのではなかったのか。尚香が正式に議席に着いていれば、彼を問い詰めている所である。覗き見の身分では苛々《いらいら》と地団駄《じだんだ》を踏むしかない。

しかしそこは流石、兄妹、孫権がまさに尚香の言いたい事を代弁してくれた。

「ならば、何故、劉備殿を説得して降伏させせぬ？」

「私が申し上げたのは、降伏するならば、でございます」

諸葛亮は恭《うやうや》しく自らの言葉に補足する。

「孔子《こうし》は仁を説き、孟子《もうし》は義を信じました。降伏するか戦うか、それは実益の問題ではなく、徳の問題です。我が主君、劉備様は王家の血筋であり、漢王朝に忠誠を尽くして来られました。敗北したとて、それも運命と受け入れますが、曹操に容易く降伏する訳には参りません。——一生の恥となるからです」

そう言って、彼は瞼を弛めると嘆くような諦め口調に変わった。

「しかしながら、全ての人間は劉備様ほど勇敢ではありません。仁義を貫く為に、自分の生命や、家族、財産までを自ら差し出せる者が他にいるでしょうか？」

「……私と劉備殿では比べ物にならぬとでも？」

「断じて、そうではありません。孫権様と劉備様は、共に仁義を識《し》る聡明なお方です。一つ違うとすれば、左様ですね」

諸葛亮は少し考える間を置いてから、ずらりと並んだ文官と武官、広い宮殿、そして外に望める晴れやかな景色を振り返って、眩しそうに両目を細めた。

「孫権様は、広大な国土と大勢の民衆を治めておられる。そこだけが劉備様と異なります」

「うん。そうかそうか」

国と共に彼自身も褒められて、孫権は上機嫌で肩を揺する。彼は身軽に玉座を下りると、雲高履《うんこうり》の跳ね上がった平らな爪先で衣の裾を蹴って諸葛亮に歩み寄った。

好意で和んだ空気に、魯粛がすかさず進言を滑り込ませる。

「孫権様、聡明な人物同士が手を組むは正しき事です。しかも、諸葛亮殿は充分に戦略を練っておられる。どうか、お聞き届け下さい」

「確かに」

孫権が素直に耳を傾ける。諸葛亮は傍に来た孫権を力強く見詰め返した。

「我が主君は確かに国を追われました。しかし、関羽《かんう》殿、張飛《ちょうひ》殿、趙雲《ちょううん》殿には一万人もの無敵の兵士がおります。孫権様配下の勇敢な将軍と手を取り合う事叶わば、強力な同盟関係が築けるでしょう。その上、三日で六百里を行軍した曹軍の兵士は疲れ果てています」

「ふむ……」

「遠方から射た矢、薄絹も破れず。曹軍はその数が示す程の戦力はないのです。それに何と言っても、彼らは水上での戦に不慣れ。元より、水上戦で呉に敵《かな》う者がありましょうか」

諸葛亮はそこまで一息に言うと、朗《ほが》らかな笑みを浮かべた。

「南で戦を行う事は、曹軍にとっては事実上、自殺行為も同然でしょう」

彼の明るさは自信の表れだ。強《あなが》ち、同盟の為に大袈裟《おおげさ》な法螺《ほら》を吹いているとも思えない。それとも、そう思わせないように仕組んだハッタリなのだろうか。

尚香が諸葛亮の言葉に確信めいたものを感じたのと同じように、孫権の表情には安堵が滲んで、無邪気な喜びを露《あらわ》にした。

「そちの言葉は非常に為になる」

孫権の心は最早、定まったかのように思えた。

「君主様！」

「諸葛亮殿の計略に嵌まってはなりませぬ。先王のお言葉に従って下さい」

「その通りでございます。曹操と戦う正当な理由などありません」

張昭を先頭に、文官達が口々に異を唱え出した。

香炉から立ちのぼる白煙が乱れる。孫権があからさまに不機嫌になって行く。それを見た文官達は、諸葛亮の口車に乗せられたと見て、益々激しく同盟の愚を主張した。

「劉備殿と同盟関係を結べば、逆に、曹操に我が方を攻める口実を与える事になります。いっそ、劉備殿を捕らえて殺し、曹操に差し出しては如何《いかが》でしょう」

黄蓋も、老将らしく冷静な物言いをしていても、諸葛亮への敵意を隠す気すらなく刺々《とげとげ》しい。

諸葛亮は眉ひとつ動かさず一同の様子を窺っていたが、矛先が自分に向くと、慇《いん》懃《ぎん》に声を返した。

「呉の国には有能な人物が多いと伺っておりましたが、今日ここで拝見する限り、我儘《わがまま》な臆病者《おくびょうもの》ばかりのようですね」

「よくもそんな事が言えたものだ！」

文官達に一斉に怒鳴られても、諸葛亮の面の皮は厚い。

張昭は全身を戦慄《おのの》かせて、厭な顔をする孫権に食い下がった。

「水軍兵一万で、百万人の軍勢と戦う事が出来るでしょうか？　君主様、どうか調停者を曹操方に遣わし、即刻、降伏の為の交渉をさせて下さい」

文官達が鶏《にわとり》の頭の様に次々に頷いた。

ところが、この発言が別の所に火種を生んでしまった。

「降伏だと？　どいつもこいつも腰抜けばかりだ」

立ち上がったのは黄蓋だ。続けてこれまで静観していた程普が、余程《よほど》腹に据え兼ねたらしい、珍しく皮肉を捏ねず率直に反駁《はんばく》した。

「戦わずに降伏などなりません！　曹操に目に物を見せて、我が方を軽《かろ》んじてはならないと知らしめるべきです」

呉、対、諸葛亮で孫権を取り合っていた筈が、思わぬ方向に分裂する。

張昭は涙ながらに嘆願し、文官達はそれを後押しして異議の大合唱、黄蓋と程普は憤慨して到頭、張昭の話に耳を貸してはならぬと言い出す始末。

（あーあ、馬鹿ねえ）

尚香は内心、秘かに嘆息した。

孫権が怒っている。

（お兄様は力押しで動く人ではないわ。それに、単にあの男の空論に踊らされている訳でもない。話を聞いて欲しいならもっと――）

すると、騒ぎの渦中に在りながら、竜巻きの目の様に静かに、諸葛亮が言葉を紡《つむ》いだ。

「孫権様が、思慮深く、大いなる野望をお持ちの方である事は承知しております。

今こそ、剣を抜く時にございます」

尚香が言うまでもない。

孫権とて、水軍一万で曹軍百万に勝算があるかどうかなど、疾うに計算している。彼が諸葛亮を気に入ったのも、信じる気になっているのも、策略云々《うんぬん》の問題ではない。

自分の意を汲《く》み取り、本願達成への具体的な道筋を示してくれる人間と、頭ごなしの精神論で無闇に反対だけをする人間、どちらに説得されるかと訊《き》かれたら答えは決まっている。

「何卒《なにとぞ》……諸葛亮殿は、君主様を厄介事に巻き込むだけです」

「嗚呼《ああ》、先王様が仰《おお》せられましたのをお忘れですか」

「貴様ら、いい加減に……っ！」

孫権は怒りに任せて叱り付け、しかし、途中で踏み留まった。文官達が愕然として息を飲み、水を打ったような静寂に宮殿内が凍り付く。彼らもまた、孫権と呉を想って涙しているのだ。

「戯《ざ》れ言《ごと》は聞き飽きた」

声音を抑えた孫権の落胆と葛藤が、文官達を更に落ち込ませる。

「考えさせてくれ」

孫権は鬱陶《うっとう》しい長雨の中を歩くように、一人、宮殿の奥へと退席した。

孫権の後ろ姿を見るだけの文官達の報われない想い、孫権の期待通りに振る舞えない切なさは、全て諸葛亮への怒りに還元された。

来て早々、前途多難という所である。

だが、諸葛亮は殆ど孤立無援の状況を憂う事なく、暢気《のんき》に散歩を楽しんでいる。柱に隠れて後を尾《つ》ける尚香に気付きもしない。

「毎日ここに座って美しい景色を眺め、酒でも飲めたら良いでしょうね」

「遺憾ながら、人は美食に溺《おぼ》れると尊厳を失くすように思われます」

魯粛の生真面目な返事だ。

諸葛亮は魯粛に案内されながら宮殿の外回廊を歩いて、悠久の自然と健全に繁栄する街並みを楽しんでいるようだ。彼は走り回って笑う子供達の声を聞いて表情を和らげ、ふと思い出したように足を止めた。

「こちらに伺う前、曹操に立ち向かう大胆さを持つ人物が一人だけいると聞きましたが」

「ああ、都督《ととく》の事ですね。孫権様は、彼を兄弟の様に思っておられます。彼は今、赤壁《せきへき》で教練を指揮していますが、是非《ぜひ》、彼と話をなさるべきです」

「どのような人物ですか？」

「はて、何と申せば良いのか……」

魯粛は言い淀《よど》んで額を掻いた。

諸葛亮と対等に話が出来るとしたら、彼しかいない。

周瑜公瑾《しゅうゆこうきん》。亡き兄、孫策の第一の家臣であり、唯一無二の親友である。しかし、いざどんな男かと言うと、尚香にも的確に説明出来ない。

「彼を説得する事は簡単であり難しくもある。そんな男です」

言い得て妙だ。

複雑な言い回しをした魯粛に、諸葛亮は何処か嬉しそうに微笑んだ。

六、双星邂逅

江水《こうすい》の畔から地平にかけて、青々とした大地が開けている。低い雲が掛かった山の端は霞み、空は高く、大地は何処までも果てしない。

湿った土と川の水の匂い。緑が空気を清浄にする。魚を捕り、田を耕す人々は南の気質からか、額に汗しても何処となく長閑で、少年を乗せて歩く水牛も半分居眠りをしているようだ。少年の後ろでは、彼の祖父らしき老翁が煙管《きせる》を銜《くわ》えて、川沿いに聳える強固な城壁を眺めた。

一般的な土を固めた版築《はんちく》の砦《とりで》でないのは、漢国南方が江水の土が堆積《たいせき》した土質にある為だ。渓谷に囲まれた地形を活かし、土台の石に木材を合わせ、数里置きに物《もの》見櫓《みやぐら》を配置する。

面する川の沿岸には巨大な楼船と幾多の走舸《そうか》が整備され、遠方では蒙衝《もうしょう》が数隻、並走訓練をしているようだ。

しかし、怒号に近い精悍《せいかん》な掛け声は、多く陸上の演習場から響いていた。

鼓の取る拍子に合わせて、歩兵が円陣を組み、身の丈程もある盾に突進する。盾兵は地面に足を突き、その衝撃と重量に堪えて押し戻す。倒されて、負傷しても、歩兵達は即座に起き上がり体勢を立て直す。

実戦さながらの気迫を、教壇の上から見詰める男がいる。

奥床しい立ち姿は百合《ゆり》を思わせ、涼し気な目許は真剣そのものだ。戦場で彼に出会ったならば、その外貌と動作の洗練された美しさに、一時、凄惨な現実を忘れるだろう。

兵は二手に分かれて、互いに向かい合う際が弧を描くように、陣形を内へと固める。意気を以て槍を突く声が砦内に猛々しく谺する。

魯粛に連れられて演習場に現れた諸葛亮は、己と陣形の間に羽毛扇《うもうせん》を掲げた。鷹《たか》の羽毛の曲線と陣形の形が綺麗に重なる。裏返すと、反対側の陣形も同じだ。

「雁《かり》の陣形、成程」

諸葛亮は楽しそうに頷いて、羽毛扇の陰で密やかに魯粛に耳打ちをした。

「よく訓練された兵ですが、陣は些《いささ》か時代遅れのようですね」

「…………」

魯粛には是も非もない。穏やかに笑い返しただけだ。彼は諸葛亮の才を買っているし、また呉の武将として自軍の軍師に信頼も置いている。

「こちらへ」

先導されて、諸葛亮は魯粛に続いて階段を下りた。

「周瑜殿」

会いに来たその人は、魯粛の呼びかけに答えない。演習に集中して、魯粛の声など聞こえていないかのようだ。魯粛が困り果てて、周瑜と演習場と諸葛亮に視線を行き来させた。

魯粛は温厚で風貌も立派であるのに、殊《こと》、親しい人間相手となると我が身の損得も顧みず、相手方の立場や感情を優先させて考える癖がある。普段は慎ましい生活を送っていながら、友の為となると三千石の兵糧が詰まった米蔵をぽんとあげてしまったのが良い例だ。その友というのが、他でもない周瑜なのだが。

答えない周瑜に無理強いを出来る性格ではない。魯粛が右往左往していると、突然、周瑜が右手を掲げて、全軍停止の合図を送った。

鼓が鳴り止み、兵士達が動作の途中で身を強ばらせて固くなる。指揮していた甘興、黄蓋も次の指示を待って周瑜を注視する。

周瑜は、何かに耳を傾けているようだ。

音。

風に微かに色を付ける、笛の音だ。

水牛に乗った少年が笛を吹き、演習場裏手の丘に入り込んでいる。

甘興《かんこう》の旗を持つ手が緊張して血管を浮き上がらせた。

周瑜の美麗な横顔が不愉快に歪んでいる。

彼は険しい表情で丘に上り、少年と祖父の前に立ちはだかった。

笛の音が止む。鎧の武人に迫られて、少年は硬直し、祖父は恐怖の余り声も出ない。有力者の不興を買えば、無言の下に斬り殺されても文句は言えない御時世だ。誰も周瑜を制止する者はいない。諸葛亮も、扇を胸に静観している。

周瑜が剣を抜き、少年の方に手を伸ばした。

「貸してみなさい」

「!?」

少年は困惑して、周瑜が示す物を身の回りに探し、ただ一つ手に持っていた笛を震えながら差し出した。

周瑜は笛を受け取ると、剣の根元で笛の端を少し削る。

「吹いてごらん」

笛を手渡された少年は訳が分からぬ様子で目を回しながら、とにかく言われた通りに笛を吹いた。

僅かな差だ。しかし、注意して聞けば確実に、不安定だった音色が細く澄んで、正確に音程に乗っている。

「良くなった」

周瑜が嬉しそうに微笑むと、息を潜めていた兵士達が眉を開いて、一層士気を高めた。

「行っていいぞ」

周瑜が少年の頰を撫でて彼らを解放する。少年は喜び、祖父は何度も振り返ってお辞儀をしながら、水牛を引いて陣形の間を通り抜けて行った。

「周瑜殿」

再び呼びかけた魯粛に、周瑜は漸く歩を留めて諸葛亮を一瞥した。

「こちらは諸葛亮殿です」

「……この寒さに扇とは、どういうおつもりかな」

「これは私の習慣でして」

「涼む必要もあるまいに」

それ以上の興味はないという風に、周瑜は真剣な面持ちに戻り、甘興に合図を送った。

甘興が旗を振り、陣が形を変えて動き出す。

諸葛亮は周瑜の後を付いて歩き、陣形を眺めて、扇を口許にやった。

「笑っているのか?」

「いいえ」

「私の部隊を見て、時代遅れだと」

「聞こえましたか」

諸葛亮の首を竦めながらも悪怯《わるび》れない返答に魯粛が青くなる。

周瑜は手を掲げ、甘興に演習を止めさせた。

「貴殿は、陣形について御存じなのか？」

「多少は」

「では、時代遅れとはどういう意味か御高説を賜《たまわ》ろう」

何事かと駆け付けて来た甘興が、表向きは平静な周瑜と諸葛亮を見比べている。

諸葛亮は扇を倒して、整然と並ぶ陣形を一望した。

「これは七百年以上前、孫氏《そん》が著した『兵法』にある陣形です。秦《しん》の始皇帝《しこうてい》の治世に改良された後、将軍、韓信《かんしん》が改良を加えたもので、改善する余地はありません」

「…………」

「戦陣を組む事は心理戦に近く、時代遅れか否かは問題ではありません」

甘興が周瑜に意見する。が、血気盛んな瞳で見据えているのは諸葛亮だ。緋色《ひいろ》の衣が彼の勇ましさに輪を掛けて、諸葛亮と真っ向から議論する気でいる。

諸葛亮が一寸《ちょっと》驚いた顔をした。

「貴殿は……」

「甘興です」

「あの、江南一の荒くれ者として名を馳《は》せておられた？」

「今では立派な将軍です」

周瑜が先に答えて、堂々と胸を張る。甘興は恐縮して彼らから一歩下がった。

精悍な面構えと何者をも恐れぬ剛腹《ごうふく》さが、他の一般兵と一線を画す。彼は、呉に従う以前は海賊をしていた。呉の将と剣を交えた経験も数知れず、中には彼に恨みを抱く者もあるだろう。

そういった理由から、甘興は外域に配置される機会が多かったが、裏を返せば、それを押してまで甘興を重用する孫権、周瑜の期待の高さを窺い知る事が出来る。

周瑜は歩を再開させた。

「正直に言うと、彼ら兵士も皆、牢《ろう》から出した死刑犯です。今日も牛泥棒が現れ、一悶着《ひともんちゃく》あった所で」

「配下の規律の乱れは私の責任です」

「恥じる気持ちがあれば出直せる。それに、彼らは結束力が強く、死を恐れない」

甘興の謝罪を、周瑜は懐深く受け止めて、自軍を指揮する目には信頼が見える。

「周瑜殿は勇気のあるお方ですね」

「一筋縄では行かない兵士達だ」

感心した諸葛亮の物言いに、魯粛が首を振って嘆息する。と、周瑜がくるりと振り返って、魯粛に厳しい口調で言い放った。

「配給が足りないから盗みに走る者が出て来るのだ。水軍を組織する費用を半分出してくれた事には感謝しているが、そろそろ残りの半分を出しても良い時期ではないか？」

「よくも——」

魯粛は反論しかけたが、周瑜の邪気のない顔を見ると何も言えなくなる。彼は力が抜けたように肩を落として息を吐いた。

「何とでも言え」

「ふふ、揶揄っただけだ」

周瑜の笑顔に、魯粛はひたすら額の汗を拭った。

「周都督！」

そこへ、馬が鼻息荒く駆け付けて、鞍から伝令が飛び下りた。

「何事だ」

「あの、大変で、奥方様が、その……」

伝令は動転して、言葉が覚束ない。

「落ち着け。小喬《しょうきょう》がどうした」

「な、難産でございます。直《ただ》ちにお戻り下さい」

ようやっと用件が告げられる。周瑜は全てに背を向け、伝令の馬に飛び乗って走り出した。

七、光と祝福と

こんな事は初めてだった。

小喬は汗で額に髪を貼り付かせ、焦る呼吸を意識的に鎮めようとした。

薄暗い厩舎の中、敷き詰めた藁《わら》の上に横たわり、苦しむ母親の馬体から仔馬の片足だけが飛び出している。

「頑張るのよ、落月《ラオユエ》」

小喬は仔馬の足を摑んだが、羊水で滑って力が入らない。母馬は荒々しく息を吐いて藻掻《もが》くばかりだ。

「旦那様」

厩番《うまやばん》の声が聞こえて、小喬は縋るように馬の首筋に押し付けていた額を引いて戸口を見た。逆光に浮かび上がった影を見て、一目で周瑜だと分かる。

「貴方！」

「小喬」

「お願い、手を貸して」

周瑜は厩舎に駆け込み、心配そうに眉根を寄せた。

「旦那様、馬の難産はとても稀《まれ》です」

「死ぬのか？」

ダメだ。小喬も周瑜も母馬も、今日をどれだけ楽しみに、大事に過ごして来た事か。小喬は乱れた髪を背にやって、落ちて来た袖をもう一度、肘《ひじ》まで捲り上げた。

「見て、まだ元気があるから助かるわ」

小喬は仔馬の足首を両手で摑み、足を藁の隙間に突いて、力一杯引っ張った。

「いけません。両足を同時に出さなければ」

「！」

小喬は驚いて飛び上がり、両手を一遍に離した。

「そんな風に引き摺り出しては、仔馬は死んでしまいます」

「貴方は……」

高歯の屐《げき》で角材の敷居を乗り越えて来る男がいる。小喬と同年代か、幾らか彼の方が若いだろうか。小奇麗な衣と羽根扇を持つ姿はとても厩番には見えない。かと言って、小喬が知るどの武将とも違う。

彼は自分の羽織りの一部を裂くと、袖を捲って、母馬の傍にしゃがんだ。

何者かは答えてくれない。

「諸葛亮殿です。お仲間には孔明《こうめい》と呼ばれておいでです」

魯粛が代わりに彼の名を教えてくれた。

が、名前など今はどうでも良い。小喬が知りたいのは彼の知識と能力だ。

「やり方を御存じなの？」

「牛のお産を手伝った事がありますが、馬も似ていると思います」

「最も冷静で、この状況に一番明るいのは彼のようだ」

周瑜が歩を下げる。小喬は困惑を堪えて母馬と諸葛亮を見守った。

諸葛亮は裂いた羽織りの布で仔馬の足を縛り、母馬の胎内に押し込む。それから暫《しばら》く手を動かしていたかと思うと、

「これで良い。皆さん、下がってください」

と、布の端を引っ張った。再び引き出された仔馬の足は、両足が揃って布に括られている。母馬が苦しそうに呻《うめ》く。仔馬は両足が外に出ると、葡萄《ぶどう》の実が皮から押し出されるようにするりと外に産まれ落ちた。

小喬は呆然として、横たわる母馬と仔馬、手を取り合って興奮する侍女達を視界に収めた。仔馬は助かったのだろうか。

「立てないわ」

侍女の一人の声で動悸《どうき》が跳ね上がる。

仔馬は濡《ぬ》れた藁の上で前足を震わせて、後ろ足を上手く伸ばせないでいる。

侍女が手を貸そうと仔馬に近付くと、諸葛亮が素早く腕を横に出して、彼女を引き留めた。

「邪魔をしてはいけません。仔馬は天地に感謝して、四方を拝もうとしています」

馬は、生後間もなく自力で立ち上がれなければ死産と同じだ。走る事で天敵から逃げ、走る事で餌《えさ》を確保する。どうにか成体になれたとしても、一度《ひとたび》足を骨折すれば、自身の重量を支え切れず、細胞の壊死《えし》が広がり死に至るだろう。馬にとって、足は生命同然なのだ。

仔馬は膝を突き、空を拝して頭を擡《もた》げる。

「天地は万物を支えます。生きとし生けるものは、全て天地の恩恵を受け、天地に感謝すべきであり、仔馬もそれを知っています」

仔馬の細く脆弱な足が徐々に伸び、蹄が藁を踏み締める。頼りなく、震えてはいるが、確かに、仔馬は自らの足で立っている。

「見て、立ったわ！」

「愛らしい」

母馬が愛おしそうに我が子を舐《な》める姿に、小喬の瞳から涙が零れた。

周瑜が小喬の薄い肩に手を掛ける。深衣越しに彼の体温を感じて、小喬は生まれ立ての小さな生命が世界中から祝福を受けているかのように嬉しくなった。

「貴方、ついさっきまでオロオロしていたのよ?」

小喬が意地悪な笑みを作って揶揄うと、周瑜が照れ笑いに片眉を下げる。小喬は無事に与えられた仔馬の生と、救ってくれた諸葛亮に感謝した。

諸葛亮は袖を下ろして、笑みを湛《たた》えていた。

「名前を付けてあげなくてはね」

小喬が囁くと、周瑜は少し考えて、水の香りに惹かれる風に顔を上げた。

「呉の国で生まれた仔馬だ、呉の名を付けてやろう。『萌萌《モンモン》』はどうだ?」

「萌萌! 素敵な名前」

小喬は人目も忘れて、周瑜に飛び付いた。

「お願い。大きくなるまで、この子を戦場に連れて行かないと約束して?」

周瑜は小喬の肩に腕を回して、慕わしく彼女を抱き締めた。


知略と人をよく使った快進撃で小覇王の名を世に知らしめた孫策伯符《そんさくはくふ》が、二十六の歳でこの世を去って早《はや》八年。小喬は、孫策が袁術《えんじゅつ》配下に加わる前に、袁術領より嫁入りしたから、もう人生の半分を夫と過ごしている事になる。

「周瑜殿、奥方を御覧なさい。あんなに嬉しそうな奥方は見た事がありません」

魯粛が酒の杯《さかずき》を持ち上げてこちらを見る。小喬は気に掛からないフリをして、茶葉の粒を数えた。周瑜が杯を傍らに置き、琴の弦を指で弾く。

「妻を喜ばせる為なら、私は何でもしよう」

周瑜の言葉と繊細な琴の音に、小喬はこそばゆい思いがして顔を伏せた。

事実、周瑜は小喬の事を本人以上に考えてくれた。

この屋敷にしてもそうだ。

一国の未来を担う都督の家ともなれば、豪奢《ごうしゃ》な調度品と武具で物々しい装いを好みそうなものなのに、周瑜の屋敷は過剰な装飾は一切ない。しかし、梁《はり》の細工ひとつにもこだわって、重厚な中に柔らかな優雅さがあった。

周瑜自身が芸術を愛する文化人でもあり、また、小喬が戦を嫌う事を気遣っての配慮だろう。

この屋敷の中には血の匂いがない。

清浄で、穏やかで、心安らげる空間を周瑜が守ってくれている。

無数の蠟燭《ろうそく》の灯りが、衝立《ついた》て越しに仄かな光を揺らす。

庭に張り出した台《うてな》で、周瑜は魯粛、諸葛亮と酒を酌《く》み交わし、小川のせせらぎに心を委ねた。

「しかしながら、お二人とも実に多芸多才でいらっしゃる。周瑜殿は呉随一の偉丈《いじょう》夫《ふ》として名を馳せ、片や諸葛亮殿は『臥龍』の異名で知られておいでだ。この危急存亡の時、力を合わせて曹操に立ち向かっては如何か」

「もう良い、魯粛。祝いの晩に戦の話は野暮だ」

周瑜は二十本の弦を外側から弾いて、音で魯粛の話を搦《から》め捕《と》る。そして、黙って杯を傾ける諸葛亮に向き直った。諸葛亮は落月の出産で衣を破いてしまったから、今は周瑜の衣を着ている。丈が短く身体に合っていない様が、小喬に諸葛亮を親しみ易く思わせた。

「諸葛亮殿は音楽にも通じていると聞く。私と手合わせ願えませんか？」

周瑜が侍女に視線を送ると、侍女達が察して琴を諸葛亮の前に運んだ。

諸葛亮は複雑な表情で首を傾げる。

「ほんの少し嗜《たしな》む程度でして……」

「貴方はいつもそうやって謙遜《けんそん》されるが、御自身で考えている以上に音楽に長けている筈。足音を聞けば分かります」

音楽に関して、周瑜は時々不可思議な事を言う。おそらく、諸葛亮が何処かで音楽に拍子を合わせて歩いている所でも見たのだろう。見ていないようで目敏《めざと》い人だ。小喬はくすりと笑って、茶器に湯を通した。

諸葛亮が躊躇いがちに琴の弦を爪弾《つまび》く。

周瑜が先に曲を奏で始めた。

力強い指捌《ゆびさば》きから紡がれるしなやかな音色が大気に溶け、聞く者の全身を音に浸す。情熱的な調べはそれ自体が生き物の様に脈打ち、台に、庭に、空に、縦横無尽に泳ぎ出す。

演奏に入れない諸葛亮に、人の善い魯粛が心配そうな顔をする。

入れないのではない。彼は音楽の呼吸を読んでいる。そうして数拍を待ち、諸葛亮の音色が周瑜の演奏に合流した。

重なり合う音と音、ぶつかって弾け、光の粒が降って来る。

行きつ戻りつしていた曲は、僅かな変化から、諸葛亮の手で先へと導かれる。哀愁を帯び、物悲しみの中に隠れる後悔に似た響きは、新野での敗北への嘆きを過らせる。

周瑜は彼の音階の隙を埋め、時に反立し、流れに付き従っていたが、ある音を境に諸葛亮の旋律を一足飛びに追い越した。

強く、天へ上り行く龍の如く。

翔け上がる周瑜の音に、諸葛亮の嘆きの音が立ち上がり、不屈の力を取り戻して天へと追いかける。

絡み、連なり、競い合い、互いを高みへと導く二匹の聖獣の様だ。

音の波動が直に内臓を揺り動かして、小喬は気付くと涙を落としていた。

聖獣が光の塊となり、眩《まばゆ》く天を覆って曲が終わる。

音の残滓《ざんし》が、演奏を終えてまだ、二人を天界に繋《つな》ぎ止めている。

小喬は茶を碗に注ぎ、諸葛亮に勧めて置いた。

「諸葛亮様、有難うございます。夫の演奏を聞くのは本当に久しぶりです」

彼女の声で、諸葛亮は我に還ったように焦点を合わせた。彼は暫く小喬を凝視していたが、自覚がなかったらしい、目線を外して、改めて彼女を見た。

「私も、これほど熱くなったのは久しぶりです」

周瑜も同感のようだ。笑っている。

諸葛亮は碗を手に取ると、香りを楽しむ間もなく茶を飲み干した。

魯粛が慌てて腰を浮かせる。

「それは正しい作法に反する飲み方です。お茶を頂く時は、三つの事を頭に置かねばなりません。まず味、次に香り、最後に余韻《よいん》です」

「奥方様は茶道の先生でいらっしゃるとか。いずれ心穏やかな時に、作法を習ってお茶を頂く事に致しましょう」

諸葛亮はそう言うと、気早《きばや》に席を立って周瑜と小喬にお辞儀をした。それがまた魯粛を慌てさせる。

「肝心な事を相談せず帰る訳にはいかないでしょう」

「周瑜殿は既に御返答を下さいました」

諸葛亮は庭先に下り、小船の手前で振り返って、

「有難うございます、周瑜殿」

一礼。魯粛が引き止めるのも聞かず、小船に乗り込んでしまう。周瑜も納得した顔でいるので、魯粛は混乱しながらも反対に徹する事が出来ず、作法だけはきっちり礼儀正しく暇《いとま》を告げて去って行った。

柳が風に揺れている。

「今日の茶は、いつもより少し渋かったね」

「お二人の演奏に胸を打たれていたもので……。貴方の御友人で、あれほど才能をお持ちの方にお会いしたのは初めてです」

小喬が答えると、周瑜は思い出すように目を伏せて、琴の弦を一本鳴らした。

「弾き始めはぎこちなかったが、彼は諦めなかった。一旦こうと決めたら、何でも率《そっ》なくやれる人物である事は間違いない」

「貴方と同じ、でしょ？　お二人は波長が合うみたい」

「そうか？」

「……『御返答』も音色の中に？」

「君は何でもお見通しだな」

周瑜が小喬の後ろに回り込み、背中からそっと抱き寄せる。

袁紹《えんしょう》、劉表が消えた今、曹操に対抗し得る勢力はない。彼は水泡《みなわ》を指先で割るように、一つずつ敵を潰して漢統一を謀《はか》るに違いない。

しかし、孫権と劉備が同盟を組めば、如何な曹操とておいそれとは手出し出来ない。曹操を抑え込む牽制《けんせい》になる。

周瑜は劉備と――諸葛亮と手を結ぶ道を選んだ。

小喬は安堵に首を傾けて、周瑜の腕に頬を擦り寄せた。

「私がわざと一ヵ所、音を外したら、彼も同じように外して来た」

「面白い方」

「しかし、彼の演奏はあまり大らかではなかった。長阪坡《ちょうはんは》での敗北に心を傷めているからだろう」

周瑜の声音が憂いに翳《かげ》る。

「彼には友が必要だ」

周瑜と諸葛亮はとても似ている。聡明で、凡人には見えない先が見えていて、冷静さに隠した情熱を持って、掲げる崇高な目的の為に決して自身を裏切らない。

だが、違う所もある。

「貴方には孫策様がいた」

「君には大喬殿《だいきょう》が」

「貴方も」

周瑜が心をくれたから、小喬はそれを生命に生きて来られた。彼の存在がなければ、冷たい骸を晒していたか、生ける屍と化していた事だろう。

ずっと傍にいて。

(言えない)

この腕にどれほど温もりを感じても、彼は戦に生きる人。

(足枷《あしかせ》にはなりたくない)

ずっと傍にいて。

小喬は願いを胸の奥に押し込めて、周瑜の腕に身を預けた。

八、后羿射虎《こうげいしゃこ》

祖堂は薄暗い。

祖先を祀《まつ》るお堂だから、きらびやかに華やかに明るくするのは不似合いだとは思うが、それにしても暗いのは視覚以外にも理由があった。

「お兄様、果物を召し上がって。身体に良いし、長生き出来るわ」

尚香は祭壇から供え物の皿を下ろして、低い段差を飛び下りた。

孫権は難しい顔をして返事もしない。

これだ。

彼はもうずっと長い時間、こうやって床に座って竹の書簡を広げている。羽虫が入り込んでも動かない。床の一部になってしまったみたいだ。

尚香は無視された桃の実を自分で齧って、代わりに孫権の杯に酒をなみなみと注いだ。しかし、こちらも無視である。

「お兄様、飲んでったら。お酒は百薬の長よ」

孫権は表情すら変わらない。

「普段は先頭切って皆を揶揄ってるクセに、一人になったら考え込む、考え出したら周りが見えない、私が何を言っても聞いてくれない。それってお兄様の悪い所だと思うわ。返事くらいしてくれても良いじゃない」

尚香はブツブツ文句を言って、孫権に注いだ酒を遠くへ押し遣った。

孫権は僅かに目線を上げて尚香を見たが、すぐにまた顔を伏せて書簡を読み返す。これは何を言っても無駄だ。尚香は肩を竦めて溜息を吐いた。

「まだ読むの？　私は暗記してしまったわ。『敬愛なる孫権殿。八十万人を擁する我が水軍は、呉国の君主、孫権殿と手を組み、征伐に向かう態勢を整えております』。これは明らかに宣戦布告よ」

八十万という数字を出した時点で脅しではないか。

十人と十人が手を組むならば対等な交友関係とも呼べるだろう。だが、百人が十人を相手に仲間になれと迫るのは、傘下に入れと言うのと同義である。断ればどうなるか、机の下にちらつかせているのは甘い菓子ではなく無作法な刃だ。

尚香は、劉備に強大な影響力があるとは端《はな》から思っていなかった。それでも、同盟を結ぶ事で曹操に対する牽制になるとしたら充分価値がある。黄蓋は劉備を口実にして曹操が江東《こうとう》まで攻め込む可能性を危惧したが、どちらの考えもこの書簡を見る限り、無用の推論であったようだ。

曹操は同盟の有無に拘らず、明らかに呉を取りに来ている。

同盟は牽制にならない。

同盟が口実に使われる事もない。

諸葛亮の言った通り、曹操の次の目標は呉だ。

(でも、何故……?)

先頃の長阪坡での戦いで、曹操は劉備を壊滅寸前まで追い詰めた。尚香は政治と戦に明るくはないが、普通に考えれば、南下する前に東へ兵を進めて劉備のいる夏《か》口《こう》に攻め込むのが手順ではないだろうか。

しかし曹操は、長阪から漢津《かんしん》へ向かう劉備と進路を違《たが》えて、北に帰るでもなく、真南の江陵《こうりょう》へ軍を動かした。江陵からは陸路を取っても水路を取っても夏口には遠い。夏口より手前にあるのは烏林《うりん》、荊州と呉の玄関口である。

鼻先に駐屯する曹操本軍。

送られて来た宣戦布告の書。

曹操が敢《あ》えて今、火種すらなかった呉に侵攻する理由が分からない。

いずれは制圧する国ならば、気分次第で端から叩き潰してやろうとでも考えているのか。噂に聞く通り、威圧的な男である。

「お兄様、笑って。気持ちを和らげるには笑顔が一番よ」

尚香は孫権と膝を突き合わせて先に笑ってみせたが、孫権は晴れぬ顔のまま、壁に飾られた祖先の肖像を力なく眺めた。

「兄上は、二十六歳で江南を統一された。私は今年で二十七になるが、何も成し遂げていない。大臣達は、先王は、先王は、と父上と兄上の言葉を利用して、私に降伏せよと急《せ》き立てる。それというのも皆、保身の為だ」

「お兄様……」

掛ける言葉がない。尚香はしゅんと萎《しお》れて項垂れた。

尚香の取り柄と言えば元気だけで、魯粛の様な時を待つ辛抱強さも、小喬の様な気遣いある理知も持たない。孫権の苦悩を目の当たりにして、尚香には慰めて気を紛らわす事さえ叶わなかった。

それに、近いからこそ踏み込めない、解るからこそ言葉に出来ない、それが兄妹だ。歯痒い距離だ。

その時、入口の扉が開く音がした。

振り返ると、人影が祖堂へ無遠慮に入って来て、何も言わずに窓を開け始める。薄暗かった堂内に太陽の光が差し込んで、影が姿を現した。

周瑜である。

「兄者、漸く戻ったか」

陽光に照らされて、孫権の顔に微かに生気が甦ったようだ。尚香は待ち切れず、小走りに周瑜に駆け寄った。

「会えて嬉しいわ」

強い兄、孫策。楽しい兄、孫権。周瑜は、尚香にはもう一人の優しい兄だ。

孫権を助けられるのは周瑜しかいない。

周瑜は一目で尚香の浮かぬ心情を見抜いて、心配そうに彼女の顔を覗き込んだ。

「尚香様、どうなさいました」

「曹操が……降伏を迫る手紙を寄越《よこ》したの」

尚香は孫権の膝から書簡を借り、周瑜に差し出した。ところが、周瑜は受け取るなり尽《ことごと》く継ぎ目を裂いて、書簡を竹の細片にしてしまった。

竹の破片が床に散る。

尚香は唖然《あぜん》として差し出した手の遣り場を失った。

周瑜は、孫権を見据えている。孫権が堪え切れずに目を逸らすと、周瑜は祖堂の壁際に掛けられた弓を持ち上げて、人差し指で弦を弾いた。

窓から差す光の帯に、白い埃が舞い上がった。

「最後にこれをお使いになったのはいつですか？」

「………」

孫権が恥じ入るように俯く。

「御覧なさい。太陽が輝いていています」

周瑜は孫権の前に片膝を突いて、両手で弓を差し出した。


見渡す限り、何処までも山林が続いている。

常緑樹の葉が青々として、木漏れ日が地面に波紋の様に淡い陰影を映し出す。川辺では冷たく吹き荒《すさ》ぶ凩《こがらし》も、森の中では清らかな緑の息吹だ。

孫権と周瑜が馬を走らせる後を、尚香は数人の将軍と共に追いかけた。

森の奥へと進むに連れて、徐々に霧が出て来る。蹄が湿った土を踏み、馬体が木の枝を押し退《の》ける音が厭に大きく聞こえる。静寂に鳴く鴉《からす》の声が遠くまで響く。

周瑜が手を掲げて合図をしたので、尚香は手綱を引いて速度を弛めた。

「獲物が動くまで、誰も動くな」

鷹の様に鋭い眼光で、周瑜が辺りを窺っている。

尚香は秘かにニッと笑って呼吸を細く絞った。

茂みの奥に二つの光がある。虎の眼だ。

虎が茂みを素早く動く。危機を感じた鳥の群れが飛び立つ。馬が驚いてたじろぎ、背後で誰かが落馬した音がする。

動いたなら、射るのみ。

尚香は胸を躍らせて虎に矢を放った。程普達も続いて矢を番える。

しかし、孫権は馬上で身を竦めて、ようやっと放った矢は弱々しく近くの幹に当たって落ちた。

曹操の手紙が彼の胸に居座って、鐙を踏む足まで畏縮させているかのようだ。

つまらない。

尚香は拗《す》ねる気持ちで弓を下ろした。孫権が沈んでいると、尚香まで調子が狂う。もっと話して、笑って、狩りも競争をして楽しみたいのに、それもこれも曹操の所為だ。

尚香は怒りに拳を固めたが、ふと力を抜き、小指から順に指を開いた。

現実は『今在るもの』だ。それを嘆いても奇跡は起こらない。四面楚歌《しめんそか》の苦境から孫策は自ら道を切り開き、江東を平和に導いた。

亡き兄の様に、今在るものを望む形に変えられないのは、曹操の所為ではない。

尚香の力量不足である。

(けれど、私に何が出来るの?)

この身は余りにちっぽけだ。

虎に逃げられ、気落ちする一団の中、周瑜は馬を孫権の馬に並べると、何でもない事の様に涼やかな笑みを浮かべた。

「君主様には直感力がおありです。どちらの方向へ追いましょうか？」

尋ねる彼の瞳は勝利を確信している。孫権を信じている。

周瑜の眼差しに導かれるように、孫権の背筋が雄々しく伸び立ち、双眸が鋭さを増した。

鞭が振られる。馬が駆け出す。

周瑜が虎を追う孫権に併せて駆けた。

「曹操は誇張を好む男です。言うほどの大軍は持っていません」

「そうなのか？」

「お考え下さい。八十万の兵がいるとしても、内、三十万は投降させた兵で、兵役を強制されたのが二十万。本物の兵士は一体何人いると思いますか？」

孫権の操る馬が豪快に水飛沫を上げて小川を渡る。

「我が軍の兵士は、祖国を守る決意固く、水上戦はお手の物です」

「うん……。諸葛亮の話にも頷く所が多くあったのだが、古参の大臣が……」

「先王様のお言葉を引用したのでしょう。しかしながら、大事を成し遂げるのは彼らですか？　君主様、貴方ですか？　皆、根源を見失っている」

周瑜が大袈裟に頭を振ってみせた。

孫権の背中が、広く逞しさを取り戻して行くのが分かる。

「！」

尚香は川を渡った瞬間、茂みから虎が飛び出して来るのを見付けて、反射的に矢を撃った。が、失敗した。矢は虎の髭を掠めもしない。

「あそこよ！」

尚香の声に反応して、孫権が馬の腹を挟む腿に力を入れる。彼が駆け出そうとするのを、何故か周瑜は押し止めて、孫権の矢筒を空にした。

不思議そうにする孫権に、周瑜が一本の矢を渡す。

「機会は一度きりです。外さぬように」

孫権は矢を摑むと、表情を怖いくらいに引き締めて森に分け入った。

「お兄様」

「皆はここで」

追いかけようとした尚香達を、周瑜が引き止める。

孫権が、一人で恐怖と対峙する時が来た。

虎の咆哮が森に谺する。葉擦《はず》れの音が孫権の周りで渦を巻いている。

孫権は手綱を弛めた、が、馬は動かない。虎に狙われた恐怖で動けないのだ。孫権の額から汗が吹き出す。

「あっ」

突然、孫権の背後の茂みから虎が襲いかかった。虎は鞍の辺りに噛み付き、暴れた馬から孫権の身体が宙に投げ出される。

虎が身体を低くして身構えた。

孫権の弓を引く手が微かに震える。

尚香は馬の鬣《たてがみ》を鷲掴《わしづか》みにして、孫権の援護に向かいたい衝動を必死に堪えた。

あの虎は、曹操だ。真正面から対峙して恐怖に打ち勝てねば、どんな策を講じようとも孫権は曹操には勝てない。

牙《きば》が皮膚を突き破り肉を裂く恐怖。国を荒らされ、多くの生命を失う恐怖。

孫権は虎と睨み合い、緊張の限界にある。湿った手は定まらず、番えた矢も大きく揺れて標的を捉えない。

「兄上様は、逝去される前、御自分の弓をお譲りになりました。それが何を意味するか、孫権様は御存じの筈」

周瑜の静かな声が耳に滑り込む。

「生きるか死ぬかの時に、何を躊躇っているのです」

孫権が眼を瞠《みは》る。

震えが止まる。

孫権の弓から鋭い一矢《いっし》が放たれて、矢が虎の眉間に突き刺さった。

「決めたぞ」

宮殿に集められた役人達の前で、孫権は剣を抜くと、樫《かし》の卓めがけて振り下ろした。堅い卓の角が切り落とされて床に転がる。鋭利な断面に、張昭らは声を失って竦み上がった。

「呉は曹操と戦う。今後、降伏を口にする者には、この卓と同じ運命が待っていると思え」

剣を握り締める孫権の面持ちには恐怖も迷いもない。不撓不屈《ふとうふくつ》の精神を見せた孫権に、最早、反論を唱える者はいなかった。

「周瑜！　程普！　魯粛！」

「ここに」

三人が孫権の前に跪く。

孫権は階段を下り、周瑜に代位の剣を授けた。

「都督、周瑜に命じる。三万の兵を率いて曹操を撃破せよ。程普を副官、魯粛を軍事顧問とし、劉備と協力するのだ」

「畏《かしこ》まりました」

断固とした態度で皆を導く兄を、尚香は誇らしく思う。

『天下を奪い合う戦乱ならば間違いなく私が勝るだろう』

嘗《かつ》て孫策は死の淵で、不敵に笑ってそう言った。呉の基盤を作った、強く賢い人だったから、誰もが彼を失う事を怖がっていた。

『だが──』

孫策は、鏃《やじり》に塗られた毒が回った所為で、うまく上がらない腕を伸ばして、孫権の手を摑んだ。

『賢臣を率いて、江東を守って行くにはお前の方が一枚上手《うわて》だ。頼んだぞ?』

比べる必要はない。孫策は孫策の得意な方法で出来る事をした。孫権は孫権のやり方で呉を導けば良い。

(私も……)

懐の短剣を握る尚香の手に、力が漲る。

同じく外から、熱心に成り行きを見ていた諸葛亮が、尚香に気付いて密《ひそ》やかに笑った。尚香はまだ彼を信用してはいなかったが、今は気分が良いので素直に笑い返してやった。

九、加護の月

寝室は、多くの人間にとってそうであるように、小喬にも心休まる場所だ。暖かい布団と最低限の調度品。彼女の為に、周瑜が選んで運び入れてくれた物だ。燭台《しょくだい》一つ、鏡一枚に彼の心が籠っている。周瑜が蓮《はす》の彫刻を飾ろうとした時には、生花の方が良いと言って少し喧嘩になったが、そんな思い出もまた記憶に過ってては小喬の顔を綻ばせた。

しとしとと雨が降り、屋根の端から落ちる滴が石畳に跳ねて琴の弦を爪弾くような音を奏でる。火鉢の炭が爆《は》ぜる。

小喬は椅子に浅く腰かけて、蠟燭の灯りの中で紐を編んでいた。手先は器用な方だと思うが、何しろ炎と角度の加減で丸きり見えなくなってしまう。

「あら？　あら、あら？」

左手に違和感を覚えて、紐の捩《よじ》れを直している間に、右手の紐が絡まって団子になった。窓から外を見遣ると、雨は随分弱まり、雲間からは月が顔を出し始めている。月明かりに力を借りた方が良いだろうか。

爪を立てて一本ずつ解こうとする小喬の手許に、横から手が伸びて、紐の不粋な塊を丁寧に解いて伸ばした。

　小喬は肩越しに彼を振り仰いだ。

「遅くまで頑張るね」

「明日には出発でしょう？　お守りを間に合わせないと」

「知っていたのか」

　周瑜は半身を避けて暗がりに隠していた腰の剣を、蠟燭の光に照らしてみせた。

「曹操の軍は国境まで迫り、呉の国と民は危機に直面している。もう戦を避ける事は出来ない」

「承知しております」

　そんなに申し訳なさそうな顔をしなくても良い。小喬とて、周瑜の役目と立場を理解出来ない小娘ではない。

　小喬は出来るだけ明るい声を出した。

「武官達は家族を避難させたそうですね。私はいつ、ここを離れる事に？」

　彼の足枷にはなりたくない。

　ところが、周瑜は身を屈めて小喬に目の高さを合わせると、彼女の二の腕に手を添えて首をゆっくり左右に振った。

「ここにいて欲しい」

「貴方……」

何も知らない小娘の様な我儘を、言っても許されるのだろうか。この人には。傍にいたい。傍にいられる事が嬉しい。

小喬は濡れる瞳を灯りから遠ざけた。

「断らないのか？」

「どうして？」

「戦は、嫌いだろう」

「……誰しも夢を抱くべきです」

戦争は嫌いだ。昔も今も大嫌いだ。しかし、小喬はあの日の言葉を覚えている。

『夢です』

周瑜は言った。

『戦わない世界の為に、私達は戦うのです』

彼の志は昔も今も変わらない。

「私はつまらない人間。されど、貴方が私の夢なのです」

小喬が微笑むと、周瑜は頰に力を入れて、湧き上がる感情が露になるのを抑えている。彼の腕が小喬の細い手首を摑み、立ち上がらせ、引き寄せる。重ねられた唇は優しく、舌に涙の味を残した。

「曹操軍は強大だとか。御心配では？」

「今は、同盟軍の結束が気がかりだ」

周瑜の懸念は、彼自身への使命でもある。

他軍と足並みを揃えるのは容易でなく、況して、文官も武官も孫権に賛同はしたが、劉備に共感した訳ではない。些細《ささい》でも綻びを見せれば、曹操は油断なく付け込んで同盟軍を壊滅に追い込むだろう。

孫権の剣を預かった時から、呉の命運は周瑜の手中にある。

小喬は、決して頑丈でない周瑜の手を取り、手首に肌護りの紐を結んだ。

「絶対に解けないのが一番良い結び方なのよ」

夜空に月が懸かる。月光を湛えて小川が流れる。

流れ行く先に、彼の願いがあるように。

小喬は周瑜の手を両手で包み、祈るように額に押し当てた。

第三節

十、結盟

この年、時代は急速に曹操《そうそう》の手に掌握されようとしていた。

曹操は帝を補佐する司徒《しと》、司空《しくう》、太尉《たいい》の三公制度を廃止、三権を一手に担う丞相《じょうしょう》の位を復活させる。そして、自身がその地位に就き、名実共に、帝と国を支配下に置いた。

劉備《りゅうび》とはまさに明暗である。

長阪坡《ちょうはんは》を越え、劉琦《りゅうき》の拠点の一つ、夏口《かこう》に逃れた劉備達は、最後の頼みである諸《しょ》葛亮《かつりょう》の帰りを今か今かと待ちわびていた。

彼らを匿《かくま》った劉琦は、劉表《りゅうひょう》の長男で江夏太守《こうかたいしゅ》を務めている。それには、異母弟、劉琮《りゅうそう》との後継争いで頭を抱えていた時に、諸葛亮に意見を仰ぎ、跡継ぎを弟に譲って空席だった太守の席に退いたという経緯があった。

弟、劉琮が曹操に降った今、劉琦の立場も危うい状況にある。それでも劉備を助けたのは、劉備への情であり、諸葛亮への恩義であり、そして彼自身の気風だろう。劉琦は、面倒事を嫌って彼を避けていた諸葛亮を、高楼に誘い込んで梯子《はしご》を外し、逃げ場をなくして助言を仰いだという、肝の据わったところがある。

劉備と一行は、夏口の古城に守られている状態だった。

「お帰りめされたか、軍師殿」

馬に乗った一団が城門を潜って来るのを見て、趙雲《ちょううん》は訓練を中断して彼らに駆け寄った。諸葛亮に導かれて、後ろに続くのは呉《ご》より遣わされた周瑜《しゅうゆ》、程普《ていふ》、黄蓋《こうがい》、それに魯粛《ろしゅく》と手勢の兵達である。

兵士達は全員武器を置いて、諸葛亮に拱手した。

彼らは汗だくだったが、服の汚れは一日の訓練で付く限度を越えている。擦り切れて、破れ、色の合わない糸で補強する。死線を生き延びた激闘の痕《あと》だ。

「趙雲殿、どうか訓練をお続け下さい」

諸葛亮が言うと、趙雲は誠実な笑みで答えて、兵士達の訓練を再開した。

「……あれが、敵陣を七度も撃破した趙雲か」

黄蓋が根からの武人の眼で趙雲を見定める。周瑜も、彼の存在は気になっているようだ。程普は、趙雲云々以前に、城に入った時から機嫌が悪い。

馬を降りると、中庭には鉄を打つ音が響き、男が鞴《ふいご》で窯《かま》に風を送る姿が見える。大量に作られる兵卒の剣などは耐久性が低く、中には粗悪なものもある。手首の角度を僅かに持ち損ねただけで簡単に曲がってしまうから、長阪坡の激戦を考えれば、絶対的に武器は不足している事だろう。

「こちらへ」

諸葛亮に案内されて、一行は兵舎の中へと通された。

兵舎に灯りらしい灯りはなく、屋根の穴から差し込む日射しに光を頼っている。負傷兵が手押し車で運ばれる先に、経験ある軍医はいるのだろうか。新野《しんや》の城から逃げて来た民が、老若男女、病人も怪我人も一隅に固まって、黄蓋の鎧の足音に怯えるように縮こまる。

何処でも元気なのは子供達だ。まだ立ったばかりの幼子も、背のよく伸びた利発そうな子供もごた混ぜになって、床に胡座《あぐら》をかく大男の周りを取り囲んでいた。

黒々とした顎鬚を長く伸ばし、鳳《おおとり》の様に冴《さ》える眼光は、子供に懐かれて親し気な趣《おもむき》を見せている。劉備の一の義弟、関羽《かんう》だ。

「川の砂州で鶚《みさご》が鳴く」

「かわのさすでみさごがなく」

「たおやかなる淑女は、よき君主の伴侶となる」

「たおやかなるしゅくじょはよきくんしゅのはんりょとなる」

関羽が詩を読むと、子供達が後に付いて繰り返す。しかし、勉強は長続きせず、活発な少年が関羽の鬚を引っ張ると、子供達は楽しそうに燥いで詩を忘れた。関羽は一緒に笑って、鬚を数本抜き、子供達にくれてやった。

「ねえねえ。食べる物もないのに、読み方を習って何になるの？」

「食べる事より学問の方が大切だと、いずれ分かる日が来る」

関羽は答えながら、考えさせられる所もあったらしい。諸葛亮と目が合うと、眉を片方だけ下げて、苦笑いで目礼した。

一方、苦いだけの顔をしているのは程普だ。城の奥へと行くに連れて、明らかに表情が険しくなって行く。兵舎の裏手にある劉備の部屋に着いた時には程普はすっかり仏頂面だった。

「呉国の都督、周瑜殿と、副官の程普殿、軍事顧問の魯粛殿を御紹介します」

「お目にかかれて光栄です」

三人はお辞儀をして、戻る目線で劉備を見定めた。

中肉中背、穏やかな面立ちは年相応で、手には編みかけの草鞋《ぞうり》がある。

「御自分で編んでらっしゃるのですか？」

「ええ」

「兄者は、破れるといつも編んでくれるのだ」

書を書く筆を休めて自慢気に胸を張る張飛《ちょうひ》に、劉備は照れたように少し笑う。

「堅苦しい挨拶は抜きにしましょう。孫権殿は援軍をお送り下さった。我が方にとっては、干上がった大地を潤す慈雨、死に瀕した病人を救う霊薬です」

見栄も虚勢もない。劉備は疲れた顔で目一杯に彼らの到着を歓迎した。

その頼りなくも見える格好に、程普がまた少し機嫌を損ねる。

察知した張飛の警戒心が空気中に飛散して、迂闊《うかつ》に動く者を静電気で牽制する。

周瑜は双方を冷静な目で見ていたが、徐《おもむろ》に外套を脱ぐや、それを机の上に無造作に放り投げた。

「劉備様、何と謙虚なお言葉か。同盟を結んだ今、我々は互いに誠意を尽くすべきでございます」

馬の泥跳《どろは》ねで汚れた外套が、机に広げられた張飛の書を台無しにする。漢字は四千余年前に黄帝《こうてい》配下、蒼頡《そうけつ》が獣《けもの》の足跡を見て考案したと言われるが、これでは獣が走り回った痕だ。まだ墨が乾いてすらいなかったのは見るからに明白だった。

それでも張飛は堪えた。彼も、これが大事な同盟だと理解していたからだ。

「都督殿、陣営を案内させよう」

劉備が気遣って間に入る。ところが、周瑜は他人事の様に素知らぬ風で、

「それには及びません。既に見て参りました」

張飛自身には見向きもせず、背中で彼を押し退けた。

これでは、張飛はまるで物言わぬ家具の様だ。張飛は到頭、怒りを爆発させて、
周瑜の後ろ姿に詰め寄った。

「おのれ！　この俺を誰だと思っておる！」

「雷の様な大声で知られる張飛殿にございましょう？」

振り返った周瑜は、美男と言われるその顔で、のうのうと笑顔を浮かべている。

張飛は肩透かしを喰って、二の句を継げなくなった。豪腕と雖も、躱されては赤子の手同然である。

張飛が怒りを立て直す前に、劉備が持ち前の和やかさで場を取り繕って、話を先へ進めた。

「都督殿。して、そちらの兵力は如何程か」

「三万にございます」

「三万？　少な過ぎはせぬか？」

周瑜の答えに、流石に劉備の表情が曇る。曹軍八十万、実質戦える戦力を考えても三十万は下らない。周瑜自身も孫権にそう話している。

だが、その数字の理由を、周瑜が答える必要はなかった。

「少な過ぎる？」

程普が急に話に割り込んだ。

否、急ではない。彼は随分前から苛立っていた。長時間、握り締めていたのでなければ、彼の袖口に蜘蛛《くも》の巣の様な皺《しわ》がくっきり付いている筈がない。

「ここにはろくな装備もなく、腹を空かせ、疲弊した老兵しかいないではないか」

「む、ぐう」

「程普殿、口が過ぎるぞ」

張飛が顔を紅潮させるのを見て、魯粛は小声で程普を窘めて、張飛と劉備に弁解した。

「私は、劉備軍兵士の士気の高さを尊敬しております」

「それは私も同じ気持ちです。江南《こうなん》の気候も地形も民も、全て呉の味方。私共に出来るのは、確実に曹操軍を倒せる作戦を練ることだけです」

諸葛亮も魯粛に応えるように呉を賞賛したが、程普の不満は収まらず、張飛の怒りは収めるべき鞘を疾うに投げ捨ててしまっている。魯粛と諸葛亮の言は、劉備の呉への疑念を取り除くに至らず、床に線を引いたように、劉軍と呉軍は相容《あいい》れない距離を持って対峙した。

「何と素晴らしい書だ」

「都督殿、都督殿」

元はと言えば、周瑜が張飛を杜撰《ずさん》に扱ったのが諍いの発端だと言うのに、当人は一人で部外者面をして、自ら台無しにした書を今更愛《め》でてみせたりする。呉の賢人がどうしてしまった事か。当惑する魯粛の汗は、彼の髪を頭皮に貼り付ける程だ。

周瑜は気紛れな猫みたいにツイと顔を上げた。

「関羽殿、張飛殿、趙雲殿。そちらには一騎当千——否、一人で一万人を倒す特別な英雄がおいでです。大勢の兵士が必要でしょうか」

「だが、兵士と来たら、物乞いみたいな奴らばかりだ」

程普が間髪入れず、大仰《おおぎょう》に嘆息する。彼が吐き出す息を寸断するように、張飛が手の平を机に叩き付けた。

「おい、馬鹿にするな！　長年、平和に暮らして来た呉の人間に、戦の事が分かって堪るか。呉にはこれまで英雄がいたのか？　兄者は百万人の兵士を抱える大将の首を取って来ることなんぞ朝飯前だ」

劉備が自分ではないと控えめに首を振る。皆分かり切っているので反応しない。当の百万人の大将を斬ると豪語された関羽は、張飛が机を叩いた音に驚いて、趙雲と共に劉備の部屋に飛び込んで来た。

「一体……」

関羽が尋ね終わる前に、黄蓋が憮然《ぶぜん》として張飛に半眼《はんがん》を向ける。

「周瑜殿が水上戦の達人だという事を知らないのか？　北の人間は船酔いで使い物にならんだろう」

「何だと！　喧嘩を売る気か？　上等だ、掛かって来い！」

「小癪《こしやく》な奴めが」

黄蓋と程普が前のめりになり、張飛は既に拳を固めている。

「お二人とも」

「張飛殿」

魯粛が黄蓋達の前に回り込んで彼らを制止する。趙雲が身体を張って張飛を押し戻す。しかし、魯粛一人では止められよう筈がないし、憤慨した張飛は今にも趙雲を振り払って程普に飛びかかりそうだ。見兼ねて関羽が張飛を抑えに入った時、突然、広くない室内に高らかな笑い声が響き渡った。

「戦が始まる前に内輪《うちわ》揉《も》めとは。これは同盟の始まりか、それとも終焉《しゆうえん》か？」

諸葛亮が扇で口許を隠して大笑いしている。

「周瑜殿、同盟軍の指揮官として何か仰って下さい」

諸葛亮が水を向けると、周瑜は彼がそう言うのを待っていたかのように前へ進み出た。二人で示し合わせて決められた芝居をしているみたいに、何とはなしに白々《しらじら》しい。思えば、彼らだけは最初から一貫して焦りも慌てもしなかった。

「張飛殿、書を汚して申し訳ない。誤字は見られるが、それも含めて伸び伸びとして奔放で良い書だ」

「む……」

「腹に溜めておいてはいつか噴き出すもの。膿《うみ》を出すのは早い方が良い」

周瑜は一同を見渡すと、劉備が座っていた床から藁を一本拾い上げた。

「一人の力は弱いもの」

両手に摑んだ藁の端を左右に引くと、藁は呆気《あっけ》なく切れてしまう。周瑜は再び身を屈めて、今度は藁を松明《たいまつ》の太さほどの束にした。

「しかし、我々が絆《きずな》を似て寄り集まれば……」

周瑜は束ねた藁を摑み、両腕を力一杯、左右に引いた。

藁は差し込む光に細かい塵《ちり》を散らしただけで、一本たりと千切《ちぎ》れず周瑜の左右の腕を繫ぎ止めている。

「曹操の軍勢が如何に強大であろうと、堅い結束は力にも勝る」

語る声音は張飛を挑発していた先程までとは打って変わって、真摯な彼の言葉に、誰もが意識を捉えられた。

「そちらには優れた指揮官、勇敢な将軍がおいでだ。更に貴方がたには敗北しても諦めない地力がある」

劉備を始め、彼の仲間達が息を飲む。

「我々は祖国を守る為、ここに来た。曹操は負けても北に帰るだけの事。だが、我々には負ければ死が待っている。最後の一人まで戦い抜く覚悟を持て」

呉より来訪した者共が確《しか》と頷く。

「そして、双方が最大限の力を発揮し、戦に勝つ為には、孫権《そんけん》軍は劉備軍と一致団結せねばならない。良いか、立ち向かうべき共通の敵は曹操だ！」

周瑜が言い放つと、場に漂う不揃いな苛立ちが消え、彼を見詰める全員の双眸に同じ色の光が宿った。

十一、参戦

身体髪膚《しんたいはっぷ》、これを父母に受く、敢えて毀傷《きしょう》せざるは孝の始めなり。

女と生まれた者は、髪を生命に等しく大事にすべきであるという、母祖母曾祖母《そうそぼ》の昔から代々伝わる教えだ。頬に白粉《おしろい》を振り、唇には紅花の赤、綺麗な衣に身を包み、愛する者の為に美しく在る。

(それでは足りないのよ)

尚香《しょうこう》は宮殿の外で彼らを待ち伏せて、姿を見付けるや、枯草色の外套をはためかせ、自慢の俊足で駆け寄った。

「周都督」

呼び止められて、振り返った周瑜は、自らの目を疑っている。主人の異変に、馬達がきょとんとして鼻を鳴らした。

「来ちゃった」

「何をしている?」

「軍隊に入るの」

髪を一つに結い、紅色の衣は剣を振り易いよう袖を留めてある。尚香が明るい笑顔で胸を張ると、周瑜は諸葛亮と顔を見合わせ、魯粛は失礼な事に笑いを堪えて果物の種でも入っているみたいに口許をもごもごさせた。

「冗談を言っている場合ではありません」

「冗談なんかじゃないわ。臆病な大臣達が一日中、言い争っているのを聞いているなんて死ぬほど退屈なんだもの」

尚香の言い分は至極《しごく》真っ当ではないか。にも拘らず、周瑜達は相槌《あいづち》もろくに打たないで、手綱を取ろうとする。尚香は行かせまいと、彼らの馬の前に立って行く手を塞いだ。

「貴方たちも皆、お兄様と同じ。誰も賛成してくれないの？」

「貴女には戦の経験がありません」

「誰にでも『最初』があるわ」

「戦をするという事は、人を殺すという事です。そんな経験はしない方が良い」

「……っ」

周瑜の言葉には、厳しさの裏に尚香を想う気持ちがある。それが分かるから、尚香はおいそれと反論出来ず黙り込んだ。

尚香とて、人の生き死にを背負うには若く、将軍達に比べて自分の覚悟が甘い事も重々承知している。

しかし尚香は、小喬《しょうきょう》の様に聞き分け良く待ち続けるなど出来ない。兄の苦難を知りながら口も手も出さず、何も訊かず、何事もなかったかのように笑顔で迎えてやれるほど忍耐強くなかった。

（自分に出来る事をしようとして何がいけないの？）

尚香の躊躇いを茶化《ちゃか》すかのように、魯粛が呵々《かか》と笑い飛ばした。

「仮令、殺してくれと頼まれても、手が震えて剣を落とすと思いますよ。尚香様、どうか家で刺繡でもしていて下さい」

「！」

言うに事欠いてその言い種。

尚香は大きな目で馬上の魯粛を睨め上げた。

「策兄様《さくにいさま》を身籠った時、呉夫人《ごふじん》は月が身体に入る夢を見たのよ」

呉夫人というのは、父、孫堅《そんけん》の正妻で、孫策《そんさく》、孫権の母親だ。因《ちな》みに、尚香の母は第二夫人である呉夫人の妹で、尚香は一人娘になる。男ばかりの七人兄弟中の女一人だから、多少のお転婆《てんば》は仕方なかろう。

「権兄様の時は、やっぱり夢で身体に太陽が宿った。私の時はきっと、星だったに違いないわ」

「ああ、それなら。劉備様の御子息、阿斗《あと》様がお生まれになる時に、甘夫人《がんふじん》は北斗七星が口に入る夢を見たそうですね」

諸葛亮が飄々とした口調で余計な水を差す。

「じゃあ、私はそれ以外の星全部！」

思わず張り合って、尚香は自分が頭に血が昇っているのを自覚した。感情的になって理屈で丸め込まれては魯粛の思う壺《つぼ》だ。

「とにかく」

地面を踏み抜く勢いで、右足の裏で地を蹴って仕切り直す。尚香は拳を胸に当てて、堂々と笑ってみせた。

「太陽と月の妹を、その辺の女子と同じに考えない事ね」

その拳を魯粛の馬へと伸ばし、鬣に手を伸ばして馬に囁きかける。好奇心旺盛な馬が尚香に気を取られた隙に、手を長い首筋に回して、ある一点に意識を当てた。

瞬間、馬の瞼が睡魔に弛む。馬は前足を折って膝を突き、住み慣れた馬房にいるみたいに寛《くつろ》いで、四肢を投げ出してごろりと転がった。

「わあっ」

魯粛が鞍から転がり落ちる。馬は鼻息で砂を散らして熟睡している。周瑜と諸葛亮が秘かに抜け目なく、尚香から馬を守る。

尚香は両手を腰に当ててみせた。

「言っておくけど、私は刺繍なんか出来ない。手も震えないわよ」

「わ、私の馬に何をしたのです」

「内緒」

尚香は鼻を反らして、馬上で愛馬を庇《かば》う周瑜を見上げた。が、尚香が言葉を重ねるのを待たず、二人は馬に鞭を入れて颯爽《さっそう》と走り去ってしまった。

残されたのは凩《こがらし》と白い土煙、倒れた馬と魯粛だけ。

「もう、待ってったら！」

戦を見て、肌で感じ、孫権を助けて六人の兄弟と同じ様に呉を守る。

気紛れの様に向きを変えて、呉に侵攻を始めた曹操の目論見と、化けの皮を剝いでやる。

「尚香様、私の馬は……」

「知らないっ」

尚香は助けを求める魯粛を置いて、彼の馬に再び拳を入れて起こし、飛び乗るように鞍に跨《また》がって周瑜の後を追いかけた。


夏口の陣営。

呉の宝、明媚《めいび》の地平が嵐に飲み込まれようとしている。北風に乗って目に見えぬ暗雲が呉の大地へと迫り、重く圧しかかって来るようだ。

その暗雲を追い越し、振り切って、陣営へと駆け込む馬がある。敵地の監視に周瑜が放った斥候《せっこう》だ。

斥候は馬を降りると、身軽に城楼を登り、跪いた。

「周瑜様、曹操が返答を伝えた我が軍の伝令を殺害しました」

「…………」

周瑜の顔色が翳り、固くなる。

呉の返答の是非に関係なく、曹操の態度は決まっていた。彼の中に呉を支配する以外の選択肢はない。だが、使者を斬るという乱暴な遣り口に、周瑜の憎悪に似た緊張が高まるのが分かった。

「遺族に充分な補償を頼むぞ」

彼の背後で数人の役人が低頭する。

冬の湖の如く、冷水に浸されたようだった緊迫感は、斥候の報告で湖底まで凍り付くかのように張り詰めた。

周瑜を指揮官に立て、程普、甘興ら呉の将と、関羽、張飛ら劉備軍の将軍が、城楼に会し、机を囲む。諸葛亮の手から餌《は》を食んでいた亀が、真円の目をぎょろりと回転させた。

「曹操は、我々が宣戦布告をするとは思ってもみなかった筈」

周瑜が自らの言葉を反芻《はんすう》するように少し考える。

「今夜、攻撃を仕掛けて来るだろう」

「そんなに早く?」

程普が驚く。周瑜は微かな笑みを浮かべた。曹操陣営まで見通しているかのような周瑜の自信に、張飛がむず痒そうに肩をずらした。

「新野の戦で、曹操の騎馬兵は俺達を追って三日で六百里を行軍した。彼奴《あいつ》らだってそうすぐには動けるとは……」

「曹操の軍事力を見くびらぬ事だ」

関羽が低い声で義弟を窘める。

周瑜は砂と石で作った模型の地図の上に、手の平ほどの小さな船を置いた。これは、江水《こうすい》沿岸の地形だ。

「曹軍の先陣を切るのは、いつも投降した兵士だ」

周瑜は江水の南側を指差した。

「曹軍には、劉琮と共に降った蔡瑁《さいぼう》と張允《ちょういん》がいる。蔡瑁は劉表が健在だった昔から我々の仇敵だが、奴の水軍は実に手強い。三十万の兵と二千の船が曹操の手中にあると見るべきだ」

そして、彼らの降伏は数の上だけの問題に留まらない。

「奴らとて曹操の信用を得るにはここで一働きしておきたい所。南部の詳細な地図は曹操に渡っていると考えて間違いないだろう。曹操ならば間違いなく、地形の要を狙って来る」

夏口は、江水と漢水《かんすい》が合流する三叉《さんさ》の河口にある。周瑜はそこから指先を南に滑らせて、曹操が取るであろう進軍の経路を人差し指でなぞって行く。

「陸路と、水路」

「奴らの狙いは……」

甘興が先を見て、神妙な顔付きでその一点を見定める。

「赤壁《せきへき》」

周瑜が決戦の地を告げた。

全員の視線が机上に集中する。魯粛が、事の深刻さを口にした。

「赤壁を失えば、呉の国土の大半は曹操の手に落ちたも同然です。何としても守らねば」

急に、楼の気温が下がったように感じられる。

赤壁は、江北《こうほく》から呉へと辿る、水路、陸路、両面の要《かなめ》となる地だ。ここが陥落すれば、呉は最大の防壁を失い、曹操は呉全土へと駒を進める足がかりを得る。地理的には厄介な場所だが、だからこそ、曹操は全軍を投じてでも赤壁を制圧しようとするに違いない。

「しかし、我が方の兵の数はそう多くない。水陸両軍に分ける事は出来ません」

甘興が苦渋を嚙み殺す表情で進言する。海賊の敗北は死だ。如何に不利であろうと、現実に不確かな期待値を加える事をしない男である。

目の前にあるものが全て、単純だが根の素直な張飛は、すぐに甘興に頷いた。

「その通りだ。陸路と水路、どちらを守るか決断しねえと」

「ああ、道理で」

甘興と張飛の焦りとは裏腹に、諸葛亮が悠長に亀の甲羅を撫でて、周瑜を見た。

「先見の明がおありだ」

「曹操には曹操の、私には私の意図があります」

周瑜が簡単に答える。二人は互いに互いだけで意思を通じ合わせて、周りからすれば雲の上で会話をされているみたいだ。皆の疑問を、魯粛が代表して二人の間に滑り込ませた。

「どういう事ですか?」

「周瑜殿が何故、手ずから赤壁で訓練を行っていたか、という事です」

諸葛亮は魯粛に微笑み返して、再び、周瑜に尊敬の眼差しを送る。周瑜は瞼を伏せて賛辞を退けた。

「水軍は囮《おとり》。曹操の主力は歩兵です。曹操は我々が得意の水軍に戦力を割き、陸上が手薄になるのを狙って来るでしょう」

「読みが速い」

「陣形は時代遅れですがね」

「もっと古いものも」

亀。

諸葛亮が即席の地理模型の上に亀を置く。

時代遅れと言うのは、大昔には船よりも巨大な亀が地上に存在したという意味だろうか。それで曹操軍を蹴散らすと言うならば、まず古代の亀を連れて来てから物申して貰いたい。

のろのろと机上を歩く亀を眺めて、一同が困惑する中、周瑜だけが諸葛亮の真意に気付いて目を瞠った。

「八卦《はっけい》の陣か！」

「はい。これは周《しゅう》の文王《ぶんおう》が考案したとされる陣形です。古色蒼然《こしょくそうぜん》に見えますが、若干の修正を加え、組み合わせを変えれば、効を奏すると思われます」

「しかし……机上の空論になるまいか」

「理論を実践するのが甘興殿の務めです」

諸葛亮の一言には信頼がある。甘興が表情を引き締めて背を伸ばし、周瑜が諸葛亮と視線を交わして微笑んだ。

策を示す軍師がおり、実行する将がいる。

これほど心強い事はない。

皆の面持ちが空気と共に和らぐ。八卦を甲羅の模様に持つ亀は、砂の堤に登り、勾配《こうばい》と甲羅の重みでひっくり返った。それぞれの顔に笑みが零れた。

「焦ってやがる」

張飛が悪戯《いたずら》っぽく口の端を上げて、亀を水瓶に落とす。が、関羽に一睨みされ、張飛は大きな図体を飛び上がらせて狼狽《うろた》えた。一万の兵を斬り伏せようと、義兄には弱いらしい。

趙雲が亀を掬って、甲羅を優しく撫でる。

安心したらお腹が空いて来た。

「ところで、何か食べる物ある？　空腹で戦いに行きたくないの」

いきなり会話に加わった尚香に、彼女を見る全員の目が啞然として本気かと問いかけていたが、愚問には答えない事にした。

十二、三江口の戦い

夜が明ける。

朝日が水面に煌《きら》めき、地表は砂煙で白くぼやけている。

緑の山間《やまあい》を突き進むのは、一群の騎馬兵。黒い旗を掲げた曹軍だ。馬に鎧を佩《は》かせない驃騎兵が主体で、黒光鎧《こっこうがい》の兵士を乗せても速度が落ちる事はない。訓練された騎馬兵は駆けても列を乱さず、黒い大地そのものが動いているかのようだ。

一路、呉を目指す一団を率いる将は、左目を眼帯で覆い、右目は既に戦場を見据えている。

曹軍の隻眼の将と言えば、夏侯惇元譲《かこうとんげんじょう》の他にない。

曹操の父親、曹嵩《そうすう》が夏侯一族からの養子だというから、曹操とは近しい親戚関係と考えられる。しかし、血縁という事を除いても、曹操旗揚げからの仲間であり、また、個人的に受けた支給も自身の生活分より余れば人々に分け与えるという実直で質素な人柄と、輜重隊《しちょうたい》など丸腰に近い味方を身を挺して守り抜く献身的な武勇から、曹操が最も信頼する臣下の一人だった。曹操の精鋭親衛隊、虎豹騎《こひょうき》も一目置く人物である。

彼が左目を失ったのは、曾て曹操と劉備が行動を共にしていた頃、呂布《りよふ》と相対した折り、敗走する劉備を助けて矢を負ったのが原因であった。今はその劉備と敵対して、一度は助けた生命を狙っている。夏侯惇の心中にはどのような感情が渦巻いているだろうか。

否、きっと何もない。

左目を嘆いて泣き言、恨み言を零す事はなく、曹操の味方だから助け、曹操の敵となれば倒す。真の武人とは彼の様な者を言うのだろう。

専ら後方支援の役目が多い夏侯惇が先陣に配置される。この事実ひとつ取っても、今回の戦に懸ける曹操の思いの強さが窺える。

彼が執着するのは漢の国か、皇帝の座か。

赤壁が近付く。

逸らず、歩を詰めて行く彼らの前に、先行していた斥候兵が駆け付けた。

「御報告します。村人は一人残らず逃げ出した後で――」

「！」

言葉の終わりを遮って、放たれた矢が斥候兵の身を貫く。落馬した身体が鈍い音を立てる。

将達は矢の飛んで来た方を一斉に見た。

丘の上にいたのは女性兵士だ。二十名という所か、女だてらに環鎖鎧《かんさがい》に身を包み、剣を持つ手は扱い慣れて、構える姿も様になっている。

そして、弓を引く彼女を見付けて、曹軍の将達は一瞬、息を飲んだ。

上品な紅色の衣を纏う四肢はしなやかな力に溢れ、まだあどけなさが残る顔は、くるくると変わる表情を見続けていたいと思わせる、人を惹き付ける天性の魅力がある。

曹軍の誰も、彼女が孫権の実妹だとは思うまい。

彼らが動きを止める間に、尚香は続けて矢を放つ。狙い澄ました矢に無駄撃ちはなく、鏃は曹軍の兵士達を確実に射て戦力を削いで行く。

馬上に伏す仲間を目の当たりにして、夏侯惇の眉根が険しく強ばった。

尚香はひらりと外套を翻して、丘の裏側へと姿を消した。

「追え！」

「夏侯惇殿、待ち伏せかもしれぬ」

文聘仲業《ぶんぺいちゅうぎょう》は引き止めたが、夏侯惇は馬に拍車を掛けて、既に林に飛び込んでいる。文聘という男、忠義も失敗も、大半が付き合いの善さに由来する。

彼は前車《ぜんしゃ》の轍《てつ》を踏んだ。

丘を下る。砂煙が晴れる。

広い視界を得た瞬間、夏侯惇と文聘に鬨《とき》の声が叩き付けられた。

平原に大軍が陣を布いている。風に靡く旗印には赤紫地に白で、『孫《そん》』の文字。

劉備と孫権の同盟軍だ。

「罠だ」

夏侯惇が手綱を引いて馬を止める。が、前後の蹄が地を踏むより早く、無数の矢が彼らに射かけられた。焦って蹈鞴《たたら》を踏んだ先鋒の馬に後続の馬が衝突し、人馬諸共に体勢を崩した。

「夏侯惇将軍」

「倒すべき敵と、予定より若干早く遭い見えただけの事。本陣まで突破する」

「はい」

虎穴《こけつ》に入らずんば虎子《こじ》を得ず。

夏侯惇は文聘と二手に分かれ、盾兵の壁が薄い場所からそれぞれ敵陣に攻め込んだ。数では曹軍は圧倒的に同盟軍より勝っている。不意を突かれた程度で崩れるものではない。

夏侯惇と配下の兵達の顔は、不安どころか勝利の確信に満ちていた。

その時、丘の上から太鼓が鳴り響いた。

「陣形を閉じよ！」

周瑜が先に羽の付いた指揮棒を翳《かざ》すと、同盟軍の盾兵が動き、夏侯惇達の四方を取り囲む。行き場を失った騎馬兵達は慌てふためく馬を操るのに必死だ。と、盾兵が半身を回転させる。騎馬兵の行く手を遮っていた盾の壁が縦に開き、間から一斉に槍が突き立てられた。

「うわあっ」

進み倦《あぐ》ねていた騎馬兵が続けざまに落馬する。

「小癪《こしやく》な真似を」

夏侯惇は槍兵を斬り伏せようと、手近な盾兵に突進した。

「変陣！」

周瑜の指示で、太鼓が打ち鳴らされる。

盾兵は夏侯惇の刃を避けて盾に身を隠し、横歩きをするように全員で連なって動き始めた。塞がれた進路と奇妙な動き、止まない太鼓の音が不気味さを漂わせ、曹軍から士気を削り取る。漸く少し走れたと思っても、すぐに盾の壁に阻まれる。

混乱に陥った数人の騎馬兵が盾に体当たりをしたが、一枚の盾を押さえるのは一人ではなく、岩にでもぶつかったみたいに、馬の方が弾かれて戻された。

「落ち着け、不用意に近付くな」

夏侯惇が騎馬兵を鎮めようと声を発したが、遅かった。

「開け！」

趙雲が剣を掲げる。盾が傾き、今度は矢が豪雨の如く降り注ぐ。雨の切れ間に滑り込ませるように、趙雲が大弓を引き絞り、狙いを夏侯惇に定めた。

夏侯惇は殆ど戦場の勘で、辛《かろ》うじてそれを避けた。

「閉じよ！」

趙雲の声で盾兵が再び壁と化す。遠巻きに包囲された陣形の内側では、落馬して呻く騎馬兵と骸が地を埋め尽くした。

「おのれ……」

夏侯惇の右目に憤怒《ふんぬ》が滾る。剣を握り、包囲を破ろうとしたが、盾の壁が固過ぎる。火花が飛んだだけで、僅かに崩れた陣形も見る間に元通りに補強された。

夏侯惇達の動きに合わせて陣は次々と形を変え、攻撃を仕掛けては盾が鉄壁の防御を張る。

もし曹軍が、攻城戦に用いる軒車や梯子車を率いていれば、同盟軍の陣形が、亀の甲羅に似た八角形をしている事を知れただろう。荀攸公達《じゅんゆうこうたつ》や郭嘉奉孝《かくかほうこう》の様な生粋《きっすい》の軍師がこの場にいれば、脱出法を彼らに授けられたかもしれない。

だが、どちらも仮の話だ。

八卦の陣。足を踏み入れたが最後、蜘蛛の巣に掛かった蝶《ちょう》の様に、藻掻くほど雁《がん》字搦《じがら》めに閉じ込められる。

名のある将ですらこの有り様だ。陣形の中で逸れた騎馬兵は、袋小路に行き当たって狼狽え、流血にも怯えないよう鍛練された馬の足並みをも乱した。

瞬間、頭上から縄が彼らに襲いかかる。盾の裏側から袋小路に放り込まれたそれは、先が輪になり、曹軍の騎馬兵を捕らえると、彼らを馬から引き剝がした。

地に立て、横一列に隙間なく並んだ盾が下を開けて、落馬した兵士を陣形の内側に引きずり込み、剣と棍棒を振り下ろす鈍い音が後を追いかける。さながら、前歯の間から飲み込まれ、奥歯で嚙み砕かれているかのようだ。

こうして西の袋小路には、乗り手を失った馬の群れと沈黙だけが残った。

東には正反対に、悲鳴と叫号に溢れ返っていた。

「うおりゃあ！」

盾から飛び出した張飛を見るや、騎馬兵達は短い悲鳴を上げ、その拳で打ち伏せられると地に転がって悶《もだ》える事しか出来ない。

どうにか立ち上がれた兵士は背後を狙って必死に反撃を試みたが、剣の一本や二本が刺さっても、張飛は物ともしなかった。無造作に刺さった剣を抜き、或いは刺さったままで柄を握る兵士を摑み、一息に首の骨を折る。張飛は両の豪腕で兵士を頭より高く持ち上げると、陣形の中に投げ込んだ。

北の関羽も負けてはいない。

彼は湖面に波紋も立てぬほど静かに、袋小路に進み出た。彼は曹軍にもよく顔を知られていたし、知らない者でも彼の長身と立派な顎鬚を見れば一目で関羽その人だと分かる。

固唾を飲んで身構える兵士を前にして、関羽は一秒を境に静から動へ転じた。

張飛と同様、盾兵と敵兵が密集する狭い空間では、愛刀青龍刀は振るうに向かない。関羽は兵卒が持つのと同種の直刀《ちょくとう》で敵に切りかかった。

「チィッ」

秘かに舌打ちをする。関羽の力は、俄仕込《にわか》みの剣には強過ぎる。

剣は敵兵の鎧を突き抜け、肉を断ち、骨に当たって波打つように歪んだ。中で先が曲がったらしい、引き抜く事も出来ない。

関羽の動きが止まった隙に、曹軍は剣を脇に構えて関羽めがけて突進した。

「！」

関羽は目の前で絶命した敵兵の手から剣を奪い、襲い来る敵兵の肩に力任《ちからまか》せに突き刺した。

また剣が曲がる。次の敵が来る。

関羽はその巨体が嘘の様に素早く右へ左へと体勢を立て直し、二人目の剣を奪って三人目の喉《のど》に、三人目の槍を奪って四人目の胸に刺す。

そうして彼が袋小路の終わりに着いた時には、関羽の背後にはもう立っている者はいなかった。

曹軍に焦燥が募る。予想だにしなかった窮地が彼らの脳裏に弱い心を過らせる。夏侯惇は不安気な配下の騎馬兵と失われた兵を見回して、丘の上を睨み付けた。

「忌々しい陣形を破ってやる。集まれ!」

騎馬兵は指示に従って夏侯惇を中心に一所に固まった。犇《ひし》めき合う馬体は蹄を揃えて、まるで熱気を帯びた衝車《しょうしゃ》だ。

「突撃!」

「おおおっ」

轟声《ごうせい》を上げて、夏侯惇と騎馬兵は盾に向かって突進した。

盾の壁が弾けた。

「何と……」

これには、諸葛亮も驚きを隠せなかった。守りに徹した盾兵に正面突破を挑むなど、夏侯惇の勇猛さがあってこそ、それでも無謀な賭《か》けである。

崩れた壁に応援の兵士が駆け寄る。俄に同盟軍陣営が慌ただしくなる。

周瑜はどう采配を振るうのか。

諸葛亮が隣を見ると、先程までそこにいた周瑜の姿はなく、床几《しょうぎ》の上に彼の指揮棒だけが横たわっている。視線を櫓の下に転じると、馬に跨がり、数名の兵士を引き連れて、戦場に駆け出して行く周瑜の後ろ姿が見えた。

「都督……」

黄蓋が呆然としながらも、目を疑うまでにはならないのは、周瑜の気性を知っている為である。彼ならばやりかねない。

しかし、前線に出るにしても、本陣に策を預けずに行くような、後先考えないやり方は周瑜らしくなかった。単身で飛び出して行った今の様に、呉の為には我が身を顧みない所があるが、激情で不用意に仲間を危険に晒す男ではない。

魯粛は黄蓋同様に目を丸くしている。

そこで、黄蓋はハッとしたように横を見た。

諸葛亮が指揮棒を拾い上げ、可笑しそうに目を眇《すが》め、そして何処かはにかむように微笑んだ。

「諸葛亮殿」

彼がいるからだ。

諸葛亮は背筋を伸ばして、混乱する陣形を見渡していた。

陣の中央付近では、夏侯惇が兵を集めて緑林山の頂《いただき》の如く固まり、全員で盾を外側に向ける。言うなれば、表面を盾に覆われた円錐《えんすい》だ。

手足を引っ込めた亀の様に防御を固める彼らに、同盟軍兵士は攻め倦ねて、遠巻きに囲み、少しずつ円を狭めて近付いた。剣を構えても、盾の甲羅はうんともすんとも言わない。援軍を待つ持久戦だろうか。

同盟軍兵士の一人が首を傾げた、その時だった。

外側を固める盾の隙間から、何十本もの剣が外に突き出される。同盟軍側が驚いて退く隙を与えず、盾の塊はその場で回転し始めた。

「ぎゃあっ」

棘付きの巨大な棍棒が回っているかのようだ。

突き出した剣は、辺りの歩兵を残らず巻き込み、地に斬り伏せて行く。騎馬兵が盾を突き破ろうと突進すると、八卦の陣の十八番を奪って、曹軍は守りを固めてビクともしない。

曹軍は陣を守ろうとする辺りの兵士を一掃すると、そこに騎馬兵の突破力を加えて、再び陣形に猛進した。

黄蓋は不安そうにバチを握り締めて、諸葛亮と陣形を交互に見た。

夏侯惇の、体当たりに次ぐ激しい攻撃で、盾兵は堪えきれず膝を突き、応援に来た歩兵も鋭い刃に倒れる。盾の壁に隙間が出来るのを見逃さず、曹軍騎馬兵は一点に流れ込むように陣形を崩しに掛かった。

「まだです」

神経を尖らせる黄蓋を抑えて、諸葛亮は戦況を監視している。

周瑜と付き従う呉の兵士は邪魔する者を薙ぎ倒し、風を切って戦場をひた走るが援護にはまだ届かない。

夏侯惇の檄が沈みかけた騎馬兵の士気を鼓舞する。曹軍は勢いに乗って、陣の中央を目指して駆け出した。

黄蓋は居ても立ってもいられない。

「軍師殿！」

「お待ち下さい」

夏侯惇の果敢に戦う姿に触発されたように、八卦の迷路に嵌まっていた文聘が力を取り戻す。空に聳えるような長身から振り下ろされる剣は革の鎧を両断し、麒麟《きりん》の様に雄々しい形相《ぎょうそう》は気合いだけで兵卒を退ける。

夏侯惇が別の盾兵の一団を撃ち破る。盾の壁が決壊する。

「今です、太鼓を叩いて下さい」

諸葛亮の漸くの指示に、黄蓋は渾身《こんしん》の力を籠めて太鼓を叩き鳴らした。

太鼓の音に応えるように、陣形が蜷局《とぐろ》を巻いて動き始める。それは徐々に幾重もの包囲網を連ねて、美しい円陣を形成した。

中央に向けて、蝟《はりねずみ》の様に束ねられた矢が牙を剥く。

そうなって初めて、夏侯惇は自分が敵陣を突破したのではなく、陣形の奥深くに誘い込まれた事に気が付いた。

「引くな！」

夏侯惇が及び腰になる騎馬兵を叱り付ける。曹軍には最早、同盟軍を一人残らず倒すしか生き延びる道はない。

「完璧《かんぺき》な調和は太極《たいきょく》の如し」

諸葛亮が羽根扇の陰で秘やかに笑みを浮かべた。

耳を劈《つんざ》く音が轟と唸《うな》って、蝟の矢束が破裂する。夏侯惇と文聘は肝を潰し、騎馬兵達が恐れ戦《おのの》いた。蝟が炎の龍へと姿を変えたのだ。

同盟軍が新たな陣形を築く。

川の流れが土を閉じ込め、洲《す》を作るように、夏侯惇と文聘、数騎の騎馬兵は他の一団から切り離されて、殆ど孤立させられている。陣形の外に閉め出された兵達は、盾兵を突き破り、彼らを助けに向かおうとした。

「させるか」

張飛が蛇矛を振り回したのを皮切りに、関羽、程普が参戦する。三人の刃は柄の長さをものともせず自在に舞って、刃向かう敵を一撃の下に打ち伏せた。曹軍は破る以前に盾兵にも近付けない。

地上の洲では、進路も退路も断たれた夏侯惇達が、盾の壁の隙を探して馬を巡らせている。その時、盾兵の一面が左右に開いて、向こう側に仁王立ちする人影が現れた。

赤紫の衣に赤紫の巾《きれ》、両当鎧《りょうとうがい》は身体の一部の様に馴染んで、地面には彼を取り囲むように突き刺された八本の刀がある。

甘興《かんこう》だ。

彼は薄い唇を引いて不敵な笑みを浮かべると、駆け出したと同時に刀を抜いて騎馬兵に突き刺した。返り血が頬に跳ね、断末魔の叫びが大気を裂いたが、甘興の歩を止めるには及ばない。

続けて突進して来る騎馬兵を、甘興は左方に身を沈めて避け、反動で伸び上がって鎧の上から叩き斬る。敵兵の落馬と共に刀が折れると、甘興は柄を手放し、地面に刺した新しい一振りを摑んだ。

その背に、騎馬兵が槍を突き立てる。刺さった。しかし甘興は物ともせず、振り返り様に馬ごと敵兵を斬り刻んだ。

斬られては斬り捨て、突かれては叩き潰す。

地面に林立した刀が三本に減る頃には、陣形に捕らわれた騎馬兵は半数を切り、壊滅状態に近かった。

しかし、甘興の傷も浅くはない。

騎馬兵の後方には、夏侯惇と文聘が待ち受けている。

如何な百戦錬磨の海賊と言え、時に限界は訪れる。夏侯惇と文聘が、武人の誇りと勝利を天秤《てんびん》に掛け、二騎同時に掛かって来ないとも限らない。

だが寧ろ、甘興は楽しそうに笑って次の刀を取った。

右足に力を溜めて地面を蹴る。夏侯惇が剣を抜く。火花が散り、折れた刃が宙を回転して離れた場所に突き刺さった。

甘興の刀が折られた。

甘興は急いで取って返し、二本纏めて刀を引き抜くと、息吐く間もなく夏侯惇に飛び掛かった。

文聘は、秘かに剣を抜こうとしていた。彼にも武人の誇りはある。命令と民を守る為に、あの主人殺しの悪名高い魏延文長《ぎえんぶんちょう》と正面切って争った事があるほどだ。一騎討ちに割って入るなど、彼の血が許さないだろう。

しかし夏侯惇が、負けないにしても酷い手傷を負ったとしたら、彼を本陣に連れ帰るのは難しくなる。それどころか、文聘一人では退却も危うい。

文聘は剣を鞘から引き抜いて、手綱を甘興の方へ向けた。

「！」

文聘の抜き身の剣が、槍の切先に止められた。

「貴方の相手は私です」

笑って、剣を弾き飛ばしたのは趙雲だ。

彼を通したらしい、盾の一部が素早く閉じて行くのが見える。同盟軍の騎馬兵が加わり、陣形の中央部は混戦になった。

趙雲の背を取ろうとする騎馬兵に、趙雲は馬上で身を屈め、躱した敵の槍を摑んで反対に突き刺す。甘興の背後に迫り、抜き放たれた兇刃を、飛び込んで受け止める影があった。周瑜だ。

間合いから遠ざけられた甘興は、鋭い双眸で周瑜を見据えると、徐に弓と矢を取り出した。周瑜に向けて、弓を引く。

周瑜が甘興に気付いた。が、彼は動かない。

甘興の手が離れ、矢が放たれる。

風が周瑜の耳許を掠める。

「ぐあっ」

周瑜の背後で悲鳴が上がり、夏侯惇が落馬した。眼帯を貫いて、甘興の矢が左目に突き刺さった。

「夏侯惇殿！」

文聘は奥歯を嚙み、不意に辺りを見回した。趙雲がいない。

見ると、趙雲は馬を降り、負傷した味方兵士に手を貸している。

文聘は怒りを漲らせて、弓矢を取り、趙雲めがけて弓を引き絞った。

「趙雲様！」

負傷兵が逸早《いちはや》く気付いて叫んだが、趙雲は完全に文聘に死角に入られて状況が分からない。

蹄の音が近付く。矢が身体を貫く鈍い音がする。

趙雲が顔を上げると、文聘と趙雲の間に周瑜の馬が駆け込み、そのまま制御を失って、敵陣に突っ込んで行くのが見えた。

「周瑜殿！」

趙雲は蒼白《そうはく》になって立ち上がった。

馬の背に、周瑜がいない。趙雲の身体は何処にも矢を受けておらず、飛び込んで来た周瑜が代わりに矢を受けたのは明白だった。落馬した彼を探して救出しようにも、砂煙で視界が濁って、倒れているのが敵か味方か見分けも付かない。

馬だけが駆けて行く。

文聘が得意気に胸を反らす。

瞬間、文聘の肩から斜に血飛沫が散った。

乗り手を失ったと思われていた馬の脇腹から、周瑜が身を起こして鞍に跨がる。

そして一太刀に文聘を斬り伏せたのだ。

同盟軍が歓声に沸く。

「尻尾を巻いて故国に帰るが良い」

周瑜の命で陣形が開く。文聘は生死定かでなく馬の背に倒れて、味方の騎馬兵に先導され、夏侯惇は忌々し気に左目を押さえて敗走した。

同盟軍の将達が集まる。

趙雲は行きかけて、周瑜を射た矢を拾い、秘かに懐に隠した。

関羽、張飛、趙雲、
甘興、黄蓋、尚香。
そして諸葛亮。
まだ歪《いびつ》だが、解けない結び目がここにある。
周瑜は血糊《ちのり》に染まった剣を、高々と天へ掲げた。

十三、終わりと始まり

「何？　負けただと？」

曹洪《そうこう》は歯軋りをして、見張り塔の柱に拳を打ち付けた。

戦力の差は歴然だった。曹軍の誰も、敗北の可能性など考えもしなかった。床几を並べて座る将達は伝達兵の旗信号を信じられない様子で、今にも取り乱して空を仰ぎそうだ。

しかし、曹操だけは呼吸を押し殺して、じっと座り続けている。彼の肩が微かに震えているのを見て、将達は失言を悔いるように居住まいを正した。

敗北が曹操の怒りに触れる。罵倒が飛ぶに違いない。

亀の様に首を竦めた全員の耳を、指先で弾くかのように、曹操の膝を叩く音が彼らの鼓膜を打ち据えた。

「『何？　負けただと？』」

曹操は従弟の声音と顔真似をして、面白がる風にカラカラと笑った。どうやら怒っていたのではなく、笑いを堪えていたらしい。

「少し退却したくらいで騒ぎ立てるな。気を楽に持て。戦は始まったばかりだ」

将達の緊張が解ける。

曹操は床几を立ち、彼らに背を向けて、秘かに眉を顰めた。

半眼の先にあるのは敗走する味方の兵。それから、江水の南岸に視線を転じる。

「ふむ……赤壁は川向こうか」

曹操の独白を聞き付けて、曹洪が地図上の烏林《うりん》を指差す。

「ここに塔があります」

「それは好都合だ。陣営を作るぞ」

曹操が剣の鞘と帯の玉佩を鳴らして振り返る。将達が踵を揃えて低頭した。


「周瑜様、曹操軍の軍艦が集まっています」

斥候兵の報告を聞いて、同盟軍陣営は一時、勝利を忘れた。

「何隻いる？」

周瑜の問いに、斥候兵は首筋まで青白くして、声が喉に閊《つか》えたかのように答えられない。周瑜は自身の目で確かめるべく、赤壁の見張り塔に馬を走らせた。

塔には既に、黄蓋と程普、魯粛が駆け付けていた。周瑜を見て一礼する彼らの顔には、一様に疲労感が漂っている。

烏林の湾に、曹軍の船が続々と入港して来る。将軍級が乗船する、要塞格《ようさいかく》の楼船だけで三十はあるだろうか。それを支援する倍以上の蒙衝に、重武装の闘艦《とうかん》。最速の起動力を誇る走舸は、同盟軍の兵数にも匹敵するかもしれない。

「どうやってあれだけの船を集めたんだ」

さしもの剛胆な張飛でさえ、憂慮に顔を曇らせた。

「どうすれば奴らに勝てる?」

程普が周瑜の傍で声を潜める。周瑜は、しかし、穏やかに答えて返した。

「不可能な事はない」

周瑜は烏林を眺めて、諸葛亮へと向き直った。

「如何お考えですか?」

「…………」

諸葛亮は、扇の陰で強大な水軍から受けた衝撃を宥《なだ》めて、努めて冷静に戦況を分析する。

「曹操は水上戦の事を何も知りません。我々を攻撃する為に、蔡瑁と張允に頼る筈です」

「そうですね。彼ら二人は荊州《けいしゅう》に詳しい。江水の岩礁《がんしょう》や流れの危険な場所も熟知しています。いずれにせよ、どうにかして彼らを追い出さない事には、我々は枕を高くして眠れません」

地の利はない。数は端から問題外だ。

燃え残った火種が鈍く煤を吐き出すように、塔に不安が立ち籠める。周瑜は人の感情の機微に鈍い男ではないし、仮令、軋む空気が読めなくとも、一同が言葉を失い、無意味に鎧の目を数えたり、山の緑に視線を逃がしたりする姿が目に入らない訳がない。

しかし、無限にも思える曹軍の船さえいっそ一隻も見えていないかのように、周瑜は威勢良く言い放った。

「得意の水上戦で曹操を叩きのめす。最初の計画通りだ」

「！」

彼が微笑むと、どんな窮地に於いても確実な活路を授けて貰えるような気持ちになるから不思議だ。その身に纏う雰囲気こそが、周瑜の軍師として最大の才能と言っては、彼の知性と勇気に対して非礼になるだろうか。

周瑜がわざと乱暴な物言いを使った事に、皆に可笑《おか》しい気持ちが生まれて、張飛や黄蓋はもう、呉軍も劉備軍もなく笑みを交わした。

早速、次の命令に従って、警護兵達が動き出す。

ぽたり。

将達も互いに裂けた鎧を見せ合って、直に修復させねばと水上戦に備え始める。

ぽたり。

彼らを笑顔で見遣る周瑜の、鎧の端から、赤い雫が落ちている。

趙雲は周瑜にそっと近付いて耳打ちした。

「傷の方は如何ですか？」

「大丈夫。分厚い甲冑《かっちゅう》のお陰で、かすり傷で済んだ」

そう言いながらも、周瑜の額には脂汗が滲んでいる。

趙雲は懐に手を差し入れると、戦場で拾った矢を取り出して、鏃で自らの手首を引っ掻いた。数拍をかぞえて、趙雲は指を握ったり開いたりを繰り返す。彼の満面に安堵の笑みが広がった。

「御安心下さい。これは毒矢ではないようです」

唖然とするような周瑜の表情から痛みが遠退《とおの》く。周瑜は固く両目を瞑《つむ》り、再び瞼を開くと、一心に趙雲を見詰めた。

「有難う。だが、二度とそんな事をするな。お前の様な立派な男を失う訳にはいかないのだから」

趙雲が礼儀正しく拱手する。

澄んだ風が、彼らの傷を優しく撫でた。

第四節

十四、小喬

戦の疲労と傷が、周瑜《しゅうゆ》を深い眠りに誘う。

鎧を脱いだ身体には鬱血したような打撲痕が残り、矢傷を負った腕は包帯で覆われて、夕陽の加減か、眠る顔色は決して優れない。

小喬《しょうきょう》は周瑜を横目に筆を動かした。書き認《したた》める言葉は平安。今はまだ口に出来ない小喬の願いを宿した文字だ。音を立てないように静かに、少しでも長く安らかに、周瑜には身体を休めて傷を癒して欲しい。大義の為に苦痛を隠して無理をする人だ。

「もうこんなに大きくなったのか。萌萌《モンモン》は随分と成長が早いな」

寝言ではない周瑜の声に振り向くと、仔馬の萌萌が彼の頬を舐めていた。生まれる前から小喬と一緒にいたから、彼女の心配性が伝染《うつ》ったのだろうか。黒目がちの愛らしい瞳が、気遣うように周瑜を覗き込んでいる。

「おいで。御飯をあげるわ」

小喬は萌萌の鬣を指で梳《す》いて、仔馬を部屋の外に連れ出した。

本当に、よく育ってくれた。生まれ方があんな風だったから、立てぬのではないか、走れぬのではないかと、毎日が不安で馬房を訪れては、元気な姿に胸を撫で下ろして喜んだ。

周瑜が寝台から起き出して、庭の小喬と萌萌を眺めて微笑む。

萌萌が飼葉を食む。ピンと立った耳の動き、嬉しそうに振る尻尾と、純真な眼差しが、小喬には我が子の様に愛おしい。

だから、決心出来た。

「馬番が来ました」

侍女がやって来る。小喬は頷いたが、左右の目から勝手に涙が溢れ出た。

「馬番？　どういう事だ？」

周瑜が侍女に尋ねる。侍女は答えない。周瑜は庭へ下りて、泣き止まない小喬の傍に立った。

小喬はゆったりした袖で涙を拭った。

「萌萌を遠くへ行かせるの」

「ここに留まる決意をしたなら、何故萌萌を遠くへやる」

「仮令死んでも、私は貴方に付いて行くわ。貴方さえいてくれたら何も怖くない。でも、萌萌まで苦しめたくないの」

だから、離れて安全な場所へ送るのだ。

下唇を噛んで続く涙を堪える小喬に、周瑜は身を屈めて、等しい目線の高さから彼女に笑いかけた。

「我が軍をもっと信頼してくれ」

「……曹《そう》軍は強過ぎるわ」

「誰もが曹操《そうそう》を恐れる。だが、それは自分を信じていないからだ」

小喬の肩に置く、周瑜の手に力が籠もる。

「私は自分を信じているから、曹操など怖くない」

周瑜は狡《ずる》い。子供みたいに真直ぐな眼差しをして、信じてくれと言われたら、小喬が周瑜を信じない訳がない。

「貴方って、時々、自信過剰になるのね」

小喬が口を尖らせて負け惜しみを言うと、周瑜は小首を傾げて自嘲するように失笑する。

「私は同盟を信頼し、仲間を信頼している」

周瑜の手首に巻かれた赤い護り紐。固い絆《きずな》の結び目。彼は互いに手を取り合い、苦境を乗り越えて行ける朋友を得たのだろう。

止めないわ。だから帰って来て。

私の知らない所で、何処かに行ってしまわないで。

素直に言えたら良いのに、周瑜の双肩に掛かる責任、期待、国の重みが分かっているから、これ以上、彼の負担は増やせない。

待つしか出来ない。片付いた部屋と、温かな御飯、清潔な布団、小喬が笑顔でいる事が周瑜の為に出来る唯一の事だと分かっていても、今だけは許して欲しい。小喬には他に、これほど怖い事はなかった。

難しい顔で愁眉《しゅうび》を開けないでいる小喬に、周瑜が額を合わせて囁く。

「お前は昔から戦争が嫌いだったな」

「今は、貴方を失いたくないだけ」

たった一つの願い。

(曹操……この人を奪わないで)

小喬は周瑜の腕に抱かれながら、生きている体温を確かめたくて、彼の肩口に頬を擦り寄せた。

十五、尚香

天幕は歓喜に華やいでいた。卓を並べて酒を酌み交わす様子は旧知の友の様で、談笑の輪がそこかしこに広がっている。

孫権《そんけん》は上座に座り、一際明るく笑って、劉備《りゅうび》に杯を掲げた。

「今日は曹操に一泡吹かせてやった。実にめでたい事だ」

応える劉備も眦《まなじり》に皺を集めて嬉しそうだ。

孫権と劉備が立つと、将達も次々に立ち上がって杯を手にする。

「急ぎ組んだ同盟だが、結束を固める事が出来たお陰で、緒戦《しょせん》で充分な戦果を上げられた」

劉備は杯を掲げ、

「素晴らしい臣下を誇りに思う」

声高らかに勝利を謳《うた》った。

宴《うたげ》がわっと盛り上がる。皆が杯を傾け、瓶ごと飲み干す勢いで祝杯を上げる中、趙雲《ちょううん》だけが浮かない顔をして遠慮がちに孫権に申し出た。

「周瑜殿のお姿が見えませんが」

「心配はいらん。私も様子を見て来た所だが、回復には時間が必要だ」

孫権の寛いだ口調に、趙雲が微かに安堵の息を吐く。孫権は酒を一口呷《あお》ってから、思い出したように衣の袖を捲り上げた。

「それにしても今日は戦に加われず残念だった」

露になった筋肉質な腕には、大きな傷痕が残っている。随分深かったらしい。劉備と趙雲が驚いて目を剝くと、孫権は簡単に笑い飛ばした。

「狩りの時の傷だ。戦での負傷ではない」

孫権が自ら茶化《ちゃか》すような物言いをするのを、呉《ご》の将に留まらず、天幕中が愉快気に笑う。劉備方の将達も打ち解けて、孫権の気さくな性格を理解して来たようだ。

「関《かん》将軍、張《ちょう》将軍。次の戦では、貴殿達と共に戦わせて貰えるだろうか？」

「おうっ」

「喜んで」

若者らしい威勢の良さで腕を振り上げた孫権に、張飛《ちょうひ》と関羽《かんう》は、まるで悪戯の相談を持ちかけられた子供みたいにニヤリと笑って答えた。

「君主様に乾杯！」

「趙雲殿は飲まないのか？」

一向に酒が進まない趙雲を見付けて、孫権が不思議そうにする。

こういう席では諸葛亮《しょかつりょう》も大人しい方だが、彼は要領よく見咎《みとが》められない質《たち》だ。不器用で実直な趙雲は、堅苦しいくらいに礼儀正しい態度で居を正した。

「今一度、周瑜殿の為にも乾杯しとうございます」

皆が賛同し、頷いて、再び立ち上がる。趙雲は漸く晴ればれとした顔で、杯を上に掲げた。その時、

「お祝いは早過ぎるんじゃない？　肝心の虎はまだ捕らえていないんだから」

天幕の布を撥ね上げて入って来た彼女に、数人が気を取られて手から杯を落としかけた。

「もしや、あのお方は……」

「妹の尚香《しょうこう》だ」

劉備は、孫権の答えを聞く前から確信していた顔だ。彼は杯を置いて、天女にでも接するかのように、敬意と誠意を持った眼差しで尚香に挨拶をした。

「お噂は予々《かねがね》。貴女はお美しく勇気がおありだ。お目に掛れて光栄です」

「そんな風に堅苦しくしないで下さい。私は美人だけど粗野だと仰りたいんでしょ？」

即座に言い返した尚香の声は、ぶっきらぼうで素っ気《そ》無《け》く聞こえるが、照れて頬が赤らんでいる。呉の将達はそれが分かって、君主の妹を微笑ましく見守った。

「祝杯を挙げているのですが、貴女も御一緒に如何ですか？」

「…………」

劉備に勧められて、尚香は一番大きな杯を選ぶと、なみなみ注がれた酒をあっという間に飲み干してみせた。

彼女に続いて、将達が我も、我も、と杯を空ける。

さほど酒に強くもない尚香が、大杯を空にしたのは負けん気の強さ故《ゆえ》だ。案の定、酔いが回ったのだろう、尚香の目許がほんのり染まって、戦場では見せなかった艶やかさを纏った。劉備が遠慮がちに目を背ける。

初めは困った顔で妹を見ていた孫権は、ふと閃《ひらめ》いた名案に目を輝かせて、隣の席へ身を乗り出した。

「劉備殿。私の妹は我儘だが、武芸を好み、真の英雄を敬愛しております。あの無作法に心証を害されたのではありませんか？」

「いや、そんな事は」

「父と兄は既に他界しており、私には妹の将来に責任があるのですが、あの調子では相応しい相手を見付けるのも難儀でして」

瞬間、尚香が杯を盆ごと床に叩き付ける。

杯が転がる盛大な音に、場の意識が集中して沈黙が下りる。

諸葛亮と魯粛が状況を察して、尚香に目で語りかけた。二人の笑顔で少し気を落ち着けた尚香は、皆に笑ってみせてから、孫権の傍に詰め寄った。

「お兄様、どういうつもり？」

孫権はわざと、きょとんとしている。

「お前が早く嫁に行けるように手を貸しているのだ。戦にかまけている必要もなくなるぞ」

尚香は怒りを抑えて、しかし手加減なく劉備を睨み付けた。劉備は二人を宥めようと腰を浮かせたが、尚香と目が合うと申し訳なさそうに俯いて座ってしまう。尚香の機嫌がまた一段と悪化した。

「そうなったら、武装した侍女を百人、戸口に立たせるわ。貴方は入って来られるかしら？」

「あの……」

「それから万一の時は——」

尚香は、何でもないと、こちらを窺う諸葛亮に作り笑いを預けて、劉備の肩に手を置き、耳許で囁いた。

甘い花の香りが劉備の鼻を擽《くすぐ》る。尚香の細い指が劉備の耳許を辿る。

「ああ、また」

魯粛《ろしゆく》が慌てる。

「尚香、無礼は許さんぞ」

孫権が戸惑いながら叱責《しつせき》する。しかし兄の注意も虚しく、尚香の手が離れると、劉備は卓に突っ伏して崩れ落ちた。

「劉備殿」

「兄者」

孫権が立ち上がり、関羽と張飛が劉備に駆け寄る。二人は代わるがわる、劉備に呼びかけたり、肩を押したり引いたりしたが、魯粛の馬と同じように劉備はびくとも動かない。

「目をお覚まし下さい。おい、一体何事だ?」

「兄者は眠りのツボを押されたのだ」

張飛が劉備の身体を起こし、関羽は覚醒《かくせい》のツボを探る。

「馬鹿な事をしおって!」

「無礼にも程がある」

孫権と程普《ていふ》が口々に怒ったが、尚香は右から左へ聞き流して踵を返し、荒っぽい歩調で地面を踏み鳴らして天幕を後にした。

尚香としては面白くなかった。

面白い訳がない。

気の早い祝宴で、気の早い縁談を持ちかけられて、何処の誰が喜ぶものか。

尚香は見張り塔に登り、対岸の灯りを眼下に収めた。

一日で設営された曹軍の陣営は広く、闇が野心を覆い隠して、中央に点《とも》された松明が神秘的に見える。

足許で、鳩《はと》が穀物の粒を啄《ついば》んでいる。首だけを前にずらす動作が滑稽《こっけい》だ。

尚香は床にしゃがみ、人差し指の甲で鳩の羽に触れた。

「お好きにして頂いて構いませんが、どうか私の鳩を殺さないで下さい。鳩のツボは人間とは異なりますから」

声がして、気配が近付く。尚香は足を伸ばし、風を含む衣の裾を手で押さえた。

声の主は諸葛亮だった。

「鳩を育ててらっしゃるの?」

「重要な任務の為に訓練しました」

諸葛亮の言葉はいつも端的で、飄然とした態度は自然体だ。理不尽に声を荒らげたり、自身の力を誇示して飾り立てる事もしない。冷静に、真実だけを見ている。

彼に嘘は通用しない。

尚香は意地を張っていた気持ちが次第に溶けて、目から溢れ出しそうになった。

「貴方の君主様、怪我はしていなかったでしょう？　ごめんなさい、傷付けるつもりはなかったの」

劉備が憎くてやったのではない。ただ、悔しかったのだ。

「兄は、私の意見を尊重してくれません。どうすれば、私が本当に望んでいる事を兄に理解して貰えるのかしら……」

父の様に、兄の様に、呉と民を守りたい。その為に何かがしたい。たったそれだけの願いが叶わず、不作法だ常識外れだと皆が尚香を無力に縛り付ける。この手に触れる石壁の様に、尚香を固く冷たく拒むのだ。

「私は姫です。このまま歳を取り、死ぬまで宮殿で暮らして行くのでしょう。それが私の運命なのでしょうか」

尚香は涙を堪えて、代わりに胸を詰まらせる思いを吐き出した。

諸葛亮は、時間をかけて彼女の隣に立った。

「貴女の性格や能力を考えると、人生を無駄にしているのではないかと思います」

「本当？　本当にそう思う？」

顔を上げると、諸葛亮は目を逸らさず尚香を見詰めている。

彼に嘘を吐けないのは、吐く必要がないからだ。彼は人の心の奥底まで見通しているから偽りは無意味だし、真実であれば、仮に皆が馬鹿にするような事でも頭ごなしに拒絶したりしない。聞いてくれる、受け入れてくれる安心感がある。

勿論、諸葛亮にも彼なりの駆け引きがあるのだろう。尚香も諸手を挙げて彼を信頼するほどお人好しではない、が、今は嬉しい。それだけで良い。

尚香は元気が出て来て、涼しい夜気《やき》を思いきり吸い込み、対岸を広く望んだ。

「川向こうの塔は雲に届きそう……」

低い雲が月明かりに映え、陣営の真上には満天の星が煌めいている。敵陣と自陣を分かつ川は滞る事なく、何処までも流れて行く。

「裏の丘で狩りをする時や、礼拝の儀式、広場での踊り。兄達はよく私を連れて行ってくれました。でも、今となってはそれが嘘の様」

「曹操が来て、何もかも変わりました」

対岸に燃え盛る灯火。そこに曹操がいる。

そう考えたら、尚香は急に灯火が彼の化身の様に思えて、背筋に冷たいものが這い上がるのを感じた。

三江口では曹操の影も形も見当たらなかった。

突然、呉に踏み込んで来た曹操。

彼は闇に何を隠しているのだろう。

諸葛亮が懐から小さな包みを取り出して、鳩に餌をやり始める。

彼の手の平の餌を突《つつ》く鳩を、尚香は何の気なしに眺めていたが、唐突に頭が冴えて、対岸を見遣り、輝く瞳を諸葛亮に戻した。

「鳩を訓練したのですよね？」

諸葛亮は褒められた事を喜ぶように頷く。尚香はそれを聞いてにやりと笑うと、諸葛亮の手から餌の包みを奪い取った。

「何をなさいます!?」

「内緒」

諸葛亮に嘘が無意味なら、尚香に無意味なのは制御だ。自分の思い以外に従う気はない。

尚香は兎《うさぎ》の様に素早く塔を駆け下りて、夜闇に紛れて姿を消した。

十六、曹操

川に船を浮かべると、流れと風浪によって船室は酷く揺れる。

しかし、曹操が乗る指揮艦ともなれば、船体は重く水面を捉え、四層に及ぶ船室は地上にいるかのように安定した。

柱の細工には染料を吹き、調度品は許都《きょと》の宮殿と比べても見劣りせず、格天井《ごうてんじょう》には空を飛ぶ燕《つばめ》の彫刻が施されている。豪奢な刺繍の入った幕を下ろせば昼でも完全に日光を遮断し、また金の細工の燭台に火を点すと、夜でも船内を真昼の様に明るくした。

「曹操様、多過ぎる願望は、不眠と頭痛を誘発します」

華佗《かだ》は曹操の頭に鍼《はり》を打ちながら、空気の様に耳に溶ける声で注意を促した。

あらゆる漢方を識り尽くし、毒を吸った骨を鑿《のみ》で削る外科手術をもこなす、漢中一の名医で知られる老翁には、曹操であろうと羊飼いの子供であろうと患者は患者なのだろう。不養生を心配する面持ちだ。

華佗が軽く鍼を突くと、曹操の左目が痙攣する。

「願望があれば、人は長生きしたくなるものだ」

しかし曹操は、屁理屈を捏ねる風な調子で言い返して、華佗ではなく、きらびやかに飾られた室内を眺めた。

虎の印が施された古《いにしえ》の青銅器に山積みの書簡、傍らの衝立てには白い布が掛けられている。華佗は、曹操が主にその布に心を奪われているのに気付いて、手を休め、燭台の灯りに目を凝らした。

それは、絵だ。

柳の様にたおやかな筆遣いで、髪の長い横顔の女性が描かれている。

「お顔が明確《はっき》りしませんが、どなたでしょう?」

「彼女の父上に、若い頃、世話になった。彼女が十一歳の頃に一度会ったきりで、美しく成長したと聞いていたが——」

曹操は頬杖を突いた指先で顎鬚を撫でて、

「呉を滅ぼせば、彼女は私のものになる」

ぞっとするような笑みを広げた。唇は微笑みを象《かたど》っているが、絵を見据える双眸は飢えた虎の様に貪欲《どんよく》で、必ず獲物を仕留める熱意に、彼自身が浮かされている。

華佗が絵から目を逸らし、曹操の頭から鍼を抜くと、曹操は普段通りの冷徹な眼差しに戻って手を振った。

「一介の医者に過ぎぬお前には分かるまい」

「……失礼致します」

華佗は小さくお辞儀をして歩を引き、速やかに退室しようとした。

「曹操様」

畏縮した声に続いて、寝台から女性が姿を現した。

薄衣一枚で、無造作に肩に流れる髪を手で押さえる。華佗の記憶が正しければ、彼女は宴の為に乗船した踊子の一人、驪姫《れいき》だ。船員の健康は医者の務め、華佗が顔も知らぬ人間は艦内には存在しない。

「申し訳ございません。つい眠ってしまいました」

「構わん。風邪を引くなよ」

彼女の華奢な肩に外套を掛けてやる曹操の、余りに優しい声音に、華佗は年甲斐《としがい》もなく赤面しそうになった。

俯いた面差しが絵によく似ている。否、絵が彼女に似せて描かれているのか。

曹操が三江口に入る少し前に、踊子の一人を見初めたという噂は華佗の耳にも入っていた。どうやら、曹操は既に想い人と再会出来ていたらしい。これならば病《やまい》の原因にはならない。頭痛は戦が齎《もたら》す精神的な緊張に因るもので、それも直《じき》に弱まって行くだろう。

曹操に大事に扱われる喜びと、多くの踊子から選ばれた誇らしさが、驪姫の頰を幸せな色に火照《ほて》らせる。

華佗は医者として安心して、仲睦まじい二人を水入らずにしてやろうと、足音を忍ばせて部屋を出る事にした。ところが、

「曹操様、素晴らしい三日間を有難うございます。けれど、曹操様は未《いま》だに、わたくしの名前を御存じないように思われます」

驪姫の思わぬ言葉が、衝立ての陰で華佗を立ち止まらせる。

想い人の名前を知らぬとはどういう事だ。

「わたくしは……」

「茶を淹れられるか？」

曹操は答えず、棚に設《しつら》えた茶器に視線を送った。驪姫の顔が輝いて、喜びが丸く落ち込んだ彼女の背をぴんと伸ばした。

「はい！　勿論でございます。踊りより、お茶を淹れる方が得意なくらいです」

「そうか」

曹操の微笑みは優しい。一方の茶葉を擦る驪姫は嬉しそうで、手際も中々に良い。湯が沸き、急須に注がれると、清涼な香りが室内に広がった。

華佗は違和感を打ち消した。取り越し苦労だったようだ。

「好い香りだ」

「曹操様、どうぞ」

驪姫が茶を差し出す。だが、曹操は口を付ける事なく、碗を彼女に押し返した。

「出し方が間違っている。やり直しだ」

厳しく叱られて、驪姫は酷く狼狽《ろうばい》し、一転、覚束ない手付きで茶を捨て、どうにか新しい碗に淹れ直した。今度こそ慎重に、碗が卓に置かれる。

「曹操様、お茶をどうぞ」

「……っ」

卓が拳で叩かれる。碗が倒れて茶が溢れる。

曹操は激昂《げきこう》した恐ろしい形相で、驪姫を睨め上げた。

「間違っておる。もう一度！」

驪姫は恐怖に竦んで声も出ない。

丁度《ちょうど》その時、運悪く部屋の扉が開いて、報《しら》せの書簡を持った曹洪《そうこう》が、音に驚いて立ち尽くしていた。

「曹洪様」

「挨拶は良い。華佗、これはどうした事だ」

訊かれても答えようがなかった。

驪姫は茶を捨てて、今一度、新しい茶を注ぐ。碗を運ぶ彼女の手は小刻みに震えて、カタカタと音を立てる。

「曹操様……」

「何をそんなにぼんやりしている。具合でも悪いのか？　小喬」

霹靂《へきれき》。

華佗の老体に衝撃が走り、同時に全ての違和感が一筋に繋がった。驪姫も、曹洪も愕然として、曹操を見続ける事しか出来ないでいる。

曹操はゆったりと笑みを浮かべ、卓上の碗を両手で丁寧に半回転させた。

「茶道では点前《たてまえ》を軽んじてはならぬ。よいか？　碗を対極まで回して、正面を客人に向けるのだ」

「曹操様、わたくしの名は小喬ではございません。わたくしは」

「小喬。そう緊張するな。私がそなたの父上、喬玄公《きょうげんこう》を訪ねると、いつも茶を淹れてくれたではないか。覚えているだろう？」

曹操が驪姫の向こうに重なる小喬の面影に話しかける。

驪姫の頰を絶望の涙が伝った。

記憶が混濁している。

曹操はつい今し方、呉を滅ぼせば彼女は自分のものだと言っていた。にも拘らず、目の前にいる驪姫を小喬だと思い込み、且つ、小喬とは違う事を意識の奥では理解している。それとも、理解した上で敢えて、意図的に驪姫を身替わりにしているのだろうか。何《いず》れにしても惨《むご》い、残酷な矛盾だ。

言葉を失っていた曹洪は、蠟燭の影で顔色を青白くして、華佗の腕を取り、部屋の隅へ連れ出した。

「曹操様は重病なのか?」

声を潜める。が、おそらく随分前から、曹操の目には彼らの姿など映っていない。悲しいかな、驪姫の姿も。

「あれは心の病です。曹操様は月を手に入れたいと欲しておられるが、月には決して手が届かぬもの……」

華佗には、遠回しに答える外ない。

曹洪は徐々に状況を飲み込んで、混乱から醒めた顔で衝立ての肖像画を見た。

「小喬?」

曹洪の語気が荒くなる。

「たかが女一人の為に戦を始めたのか」

曹操の闇に浮かぶ、純白の月。

優しく無慈悲な月光が、曹軍の船と川面を照らしていた。

継節

太陽が昨日を灼《や》き、真っ白な今日を映し出す。

三江口《さんこうこう》の勝利は過去となった。

明日に花を咲かせる為に、白紙の今日を全身全霊で生きる。

しかし諸葛亮《しょかつりょう》は、忙《せわ》しく軍資を運ぶ兵達の頭上、見張り塔の楼から曹《そう》軍陣営を見遣って眉根に皺を寄せていた。

周瑜《しゅうゆ》は彼の後ろから近付いて、同じく曹軍と、眩しい陽光に目を眇めた。

「妙案は？」

尋ねられた諸葛亮は、真夏の灼熱《しゃくねつ》を嫌うように扇を激しく動かした。

「頭を冷やさねば」

「そんな風に煽ぎ続けていると、扇が壊れますよ」

周瑜は涼しい顔をしている。

「……何かお考えは？」

諸葛亮が投げかけられた問いをそのまま返すと、周瑜は諸葛亮の手から扇を引ったくった。

「私も頭を冷やさねば」

涼しい顔をしているだけだった。強く奔放な孫策《そんさく》と幼少より渡り合い、一本気でありながら冗談好きな孫権《そんけん》を導いて来た周瑜は、ユーモアの使い方を知っている。窮状には真正面から立ち向かうも一手、いなして躱して間合いに余裕を持たせてから相対するのも一手だ。

周瑜は、余裕を生み出す術を知っている。

諸葛亮は微笑んで、大規模な船団が整列して川を渡る様子を眺めた。

「敵ながら、実に見事な水軍です。薪にしたら百年あっても燃やしきれない」

「案外、張り子の虎かもしれないが」

「彼らが何を企んでいるのかさえ分かれば……」

顎に手を当てて考え込む諸葛亮に、周瑜は扇を逆さに持って彼に手渡した。

「想像するのは難しくありません。曹操《そうそう》は暗殺者を警戒し、臣下は、いつ何時《なんどき》、自分が曹操に殺されるか分からないと警戒している。そんな連中です」

周瑜と諸葛亮が、鏡映しに企む笑みを浮かべる。

「そこに希望が見出せますね」

「かなり楽観的に聞こえますが」

「周瑜殿の楽観的な考えは、人に良い影響を齎します」

「誰も、一流の軍師である諸葛亮殿に影響を与える事は出来ません。幸い、貴方は味方です。曹操方に付いていたら、我々には大変な脅威でした」

周瑜が手放しに褒めるので、諸葛亮は恐縮するように肩を竦めた。

「今日の友は明日の敵とも申します。貴方と私とて」

周瑜の言葉に、諸葛亮の笑みが翳りを帯びる。

「私と貴方が刃を交じえるなど、想像出来ません」

しかし言いながら、諸葛亮もそれが全くの空言ではないと知っている。互いに分かっている。

「そんな日が来たら――」

言葉が風を呼ぶ。

塔に吹き込み、周瑜の深衣と羽織りが鳥の翼の様に舞う。

「互いの主君の為に全力を以て戦うしかありませんね」

共に戦い、相対して戦う。

常に全身全霊を懸けて。

それが、戦乱を生きる彼らの絆だ。

諸葛亮の口許が、周瑜の方から吹く風に擽られるように忍びやかに綻んだ。

「周瑜様！」

「甘興。それに黄蓋《こうがい》、趙雲《ちょううん》殿も」

三人は雁首《がんくび》揃えて周瑜と諸葛亮の傍に並び立つと、甘興が真っ先に拱手して周瑜に願い出た。

「任務をお与え下さい」

「何を考えている」

周瑜は尋ね返したが、三人の目の据わった表情と胆の据わった性格を鑑《かんが》みて、甘興が答える先を取って彼らの願いを言い当てた。

「死など恐れぬ兵士を引き連れて、曹軍の陣営を攻撃したいと言うのだな」

「はい。それが不可能なら、我々で曹操を暗殺します」

甘興の決意は燃える炎の様だ。

黄蓋の覇気は老いを感じさせず、趙雲の真摯さは見る者の胸に刺さる。

周瑜は溜息混じりに微笑み、ゆっくりと頭を振った。

「そなたらの勇気には感服する。しかし、この戦は一対一では勝てない」

「………」

三人が言葉に詰まる。今にも陣を飛び出して行きそうな血気盛んな彼らだが、軍師としての周瑜の判断を、文字通り生命を懸けて信頼している。その周瑜が言う、勝てない、という科白《せりふ》は重い。

「甘興、黄蓋、趙雲」

「!」

周瑜の呼びかけに、三人が顔を上げる。周瑜が江水《こうすい》の雄大な流れを望む。

「こちらは僅か五万の軍勢だが、真の戦士として、三十万の強大な曹軍に立ち向かい、必ずや打ち負かして見せようぞ」

呉《ご》の為に、人々の為に。

諸葛亮の手から鳩が飛び立ち、大空を高く飛翔した。

＊　＊　＊

鳩が大空を旋回する。

天高く、果てしない地上を見下ろして、伸びやかな翼が太陽に影を映す。

曹軍内蹴鞠場《しゅうきくじょう》では、曹操の娯楽と兵士の精神衛生管理を兼ねて、白黒対抗の試合が執り行われる。中でも一番の手練《てだれ》の叔材《しゅくざい》は、厩舎で偶然行き会った鳩と戯れる少年と共に、演習場へと歩いていた。

「江南《こうなん》の訛《なま》りがあるな」

「ああ、そうだ」

少年は声変わりを終えていないような、少女の様に高い声で頷く。

「俺は叔材。お前は？」

「そ……」

正直に答えかけて、少年は気付かれないように舌の先で音を入れ替えた。

「お袋には胖猪《はんちょ》と呼ばれてる」

ぽっちゃりと腹回りの太い、今の体型にぴったりの名前。

叔材が笑う。

少年は胸に拳を当てて笑い返した。


〈下巻につづく〉

◉高里椎奈（たかさと・しいな）　小説家。一九九九年、『銀の檻を溶かして　薬屋探偵妖綺談』で第十一回メフィスト賞を受賞しデビュー。以来、多数のミステリーとファンタジーを発表。主な著書に「薬屋探偵妖綺談」シリーズ、「薬屋探偵怪奇譚」シリーズ、「フェンネル大陸　偽王伝」シリーズ、「フェンネル大陸　真勇伝」シリーズ、『小説のだめカンタービレ』などがある。

小説《しょうせつ》レッドクリフ（上）

二〇〇八年一〇月七日　第一刷発行　二〇〇九年三月二日　第二刷発行

著者……高里椎奈《たかさとしいな》

脚本……ジョン・ウー／カン・チャン／コー・ジェン／シン・ハーユ

発行者……中沢義彦

発行所……株式会社　講談社

東京都文京区音羽二-一二-二一　〒一一二-八〇〇一

電話　出版部　〇三-五三九五-三五〇六

販売部　〇三-五三九五-三六二二

業務部　〇三-五三九五-三六一五

本文データ制作……講談社プリプレス管理部

印刷所……豊国印刷株式会社

製本所……株式会社国宝社

定価はカバーに表示してあります。本書の無断複写（コピー）は著作権法上での例外を除き、禁じられています。

落丁本・乱丁本は購入書店名を明記のうえ、小社業務部宛にお送りください。送料小社負担にてお取り替えいたします。

なお、この本についてのお問い合わせは、文芸図書第三出版部宛にお願いいたします。

©SHIINA TAKASATO 2008, Printed in Japan
ISBN978-4-06-215057-6 N.D.C.913 215p 18cm

本書は映画『レッドクリフ』と同改訂前台本を元に、
一部、加筆・再編し小説化したものです。